KB213205

오정희

1947년 서울 사직동에서 출생하였고, 서라벌 예술대학 문예창작과를 졸업했다. 1968년 중앙일보 신춘문예에 단편 소설「완구점여인」이 당선되어 작가 생활을 시작했다. 1978년 춘천으로 이주하여 오늘에 이르기까지 살고 있다.

창작집으로『불의 강』,『유년의 뜰』,『바람의 넋』,『불꽃놀이』,『새』등이 있으며, 이밖에 수필집『내 마음의 무늬』와 동화집『송이야, 문을 열면 아침이란다』, 민담집『오정희의 기담』, 짧은 소설집『돼지꿈』,『가을 여자』가 있으며,『오정희와 함께 읽는 성서』등의 저서가 있다.

이상문학상, 동인문학상, 오영수문학상, 동서문학상, 리베라투르문학상, 불교문학상, 만해문예대상을 수상하였다.

오 정 희   소 설

봄날의 이야기

삼인의 소설

1

오 정 희 소 설

봄날의 이야기

삼인

긴 세월 '글쓰기'는 내게 남모를 기쁜 비밀이고 순
정한 꿈이었다. 깊이 응시하고 오래 곰삭히며 매일
매일, 천천히, 조금씩 쓰는 삶을 살고 싶었다.

　넓은 세상의 아주 작은 한 귀퉁이에서 소심하게
서성이며 살아오는 동안 순리대로 육신은 쇠해가
고 다만 자신의 안과 밖이 서로를 투사하며 침묵
하고, 속삭이고, 외치는, 그러한 어우러짐을 바라보
는 시선만이 남았다. 함께 묶은 세 편의 소설은 그
물끄러미한 눈길이 가닿은 정경들이다. 망설임 끝에

내놓는 소설을 깊이, 섬세하게 읽고 해설을 써주신 서영채 선생님께 감사드린다. 이 소설들에 대한 특별하고 예민한 시선이자 빛 무늬로, 귀한 글을 받는 마음이 기쁘다.

오랫동안 글을 쓰지 못했고, 따라서 새로이 책을 내는 일은 무망하다고 생각해왔다. 그런 만큼 흔쾌히 책을 내주시는 삼인 출판사에, 정성껏 책을 만들어주신 편집실 여러분께 감사한 마음이 각별하고 깊다.

2025년 봄 오정희

차 례

봄날의 이야기

달아나야 한다고 생각했지만 꼼짝도 할 수 없었다. 어쩌면 이 모든 것이 이렇게 예정되어 있었고 나는 이 순간을 오래 기다려왔던 것 같기도 했다.

투두두둑, 빗소리인가 싶었는데 시멘트 바닥에 작은 알갱이들이 떨어지는 소리다. 헛간 구석에 쌓아놓은 콩 자루에서 콩알들이 흘러내리고 있었다. 자루에 나 있는, 날카롭게 찢긴 흔적을 보는 순간 어둑신한 벽의 모서리로 몸을 감추는 쥐와, 그것을 앞발로 찍어 누르며 이빨을 박아 넣을 때의 물컹한 감각, 찌익 입 안쪽에서 울리는 가녀린 비명, 이윽고 목을 타고 넘어가며 온몸으로 퍼지는 따뜻하고 비린 피의 느낌이 동시에 떠오르다가 사라졌다.

비긋이 열린 문으로 들어온 햇빛이 벽을 따라 포개어 쌓아놓은 콩 자루와 비료 포대, 플라스틱 함지 따위 잡동사니 살림 집기들의 정경을 비추었다. 느른히 엎드린 채로 햇빛 속을 떠도는 먼지 알갱이들과 선반 고리에 매달린 여러 개의 호미, 햇빛에 반짝이는 호밋날을 무추름히 바라보았다. 오줌이 마려웠지만 꼼짝도 하기 싫었다. 몸이 나른하게 가라앉았다. 뱃속에서 이상한 벌레나 나무뿌리 같은 것이 꼬물거리며 자라는 것같이 메스껍고 조금씩 아픈 것도 같았다.

집 밖으로 나와 담장 밑에서 오줌을 누었다. 꼬투리를 매단 채 말라버린 콩 줄기가 어지럽게 널린 밭의 끄트머리에 등을 꼿꼿이 펴고 앉은 붉은 형체가 이쪽을 바라보고 있었다. 그 시선을 느끼는 순간 왠지 등줄기에 소름이 끼쳤다. 어제까지도 그는 콩밭 너머 개천의 다릿목에 있었다. 그리고 이제 그 다리를 건너 밭두렁까지 왔다.

그는 언제부터인가 내 주변을 맴돌았다. 아침이나 낮이나, 해질 무렵이나 어디서건 눈을 돌리면 멀찍이 떨어진 그곳에 그가 있었다. 나를 보고 있었다. 다가가고 싶은가 하면 무섭거나 싫어 피하고 싶은 두 마음이 뒤섞여 혼란스러웠다.

초록 무늬 얼룩얼룩한 뱀이 스르륵 길을 가로질렀다. 건드려볼까 말까 우물쭈물하는 사이 낮은 비탈을 미끄러져 논으로 내려갔다. 얕게 고인 물 위로 올라온 개구리에게 소리 없이 다가갔다. 허공에, 깜짝 놀라 튀어 오르는 개구리 모양의 구멍이 뚫렸다가 금시 사라졌다.

오줌을 누었는데도 자꾸 마렵다. 찔끔 한 방울 흘리고 아랫도리를 살펴보았다. 벌겋게 부어오른 아랫도리가 가렵고 끈적거렸다. 상처도 없는데 피가 맺혀 있어 핥으면 찝찔한 맛이 났다. 한참 전부터 그랬다.

그가 일어났다. 밭 가장자리를 따라 돌며 신중

히 냄새를 맡고 자주 오줌을 누었다. 그렇게 밭 안쪽으로 한 바퀴 돌고는 있던 자리로 돌아가 앞발을 세우고 꼿꼿이 앉았다. 햇빛을 받은 털이 타오르듯 붉었다.

붉은 개. 그는 철망 우리에 갇혀, 사람들이 '개 잡는 집'이라고 부르는 도견장으로 실려 왔다가 도망쳤다. 철망 우리를 박차고 뛰쳐나와 붉은 털을 휘날리며 온 동네를 내달렸다. 개백정은 몽둥이와 커다란 그물 자루를 들고 씩씩대며 뒤쫓았으나 잡지 못했다. 논밭에 엎드려 가을걷이를 하던 사람들이 그 광경을 지켜보았다. 자동차를 타고 지나가던 사람들도 차를 세우고 차창 밖으로 고개를 내밀었다. 마침내 그가 산 쪽으로 치달아 사라지자 사람들이 와하하하 웃었다. 짝짝짝짝 박수를 치기도 했다. 동네 입구에는 '태양산업'이라는 작은 입간판이 세워져 있고 그 화살표를 따라가다 보면 붉은 슬레이트 지붕의 이층집이 나타난다. 녹색 철문 안쪽, 이층집에 가려진 창고가 개 잡는 곳이라 했다. 며칠에 한 번씩 철망 우리를 가득 실은 트럭이 철문 안으로 들어갔다. 철망 우리에 갇힌 개들은 지나치는 마을 풍경을 조용히 바라보거나 우우 낮은 울음소리를 내기도 했다.

개백정이 뒤쫓지 않아도 그는 언제나 달렸다. 마을 안길과 논두렁 밭두렁 길을 달리다가 대문 안에 묶여 있는 개의 밥을 훔쳐 먹고, 닭장을 나와 아장아장 돌아다니는 닭을 물고 달아났다. 헐떡거리며, 개구리 알이 떠 있거나 작은 벌레들이 헤엄치는 도랑물을 마시고 또다시 온힘을 다해 달렸다.

개백정은 그가 눈에 보이는 한 결코 포기하지 않을 것이 분명하니 오직 죽도록 달려야만 할 것이었다. 헐벗은 겨울 산 능선을 따라 달리다가 문득 멈춰 서서 코를 높이 들어 올리고 어딘가 먼 곳을 향해 신호를 보내듯 하얗게 입김을 내뿜으며 우우 우우 소리치는 모습은 더없이 멋있었다. 그것을 볼 때면 가슴이 찌르르하기도 했다.

개구리를 삼킨 뱀은 다시 낮은 비탈을 기어올라 무겁고 느린 움직임으로 길을 가로지르기 시작했다. 따뜻하게 달궈진 바위에 몸을 걸치고 늘어지게 해바라기를 할 참이겠다. 기다란 몸통 안쪽에서 꿈틀꿈틀 둔한 움직임이 불거졌다. 앞발로 툭 쳐보다가 움찔했다. 깜짝 놀라게 차갑고 미끄러웠다.

저만치 휘어지는 길 쪽에서 나타난 자동차가 횡하니 내달았다. 자동차가 지나간 그 자리에 뱀은 움직이던 모양 그대로 납작하게 붙어버렸다. 검고 희고 붉고 푸른 색 들이 애매하게 뭉개지고 퍼진 기다란 흔적에 다가가 냄새를 맡고 유심히 살펴보았다. 그것은 '뭐지?' 갸우뚱하는 고갯짓 모양 같기도 하고 어딘가, 무엇인가를 가리키는 표지 같기도 했다.

방금 뱀의 뱃속으로 불룩불룩 내려가던 개구리는 보이지 않았다. 속이 메스꺼워졌다. 문득, 뜨겁게 달구어진 쇠 냄새가 훅 끼쳤다. 흐릿한 기억 한 조각이 슬몃 떠오르다가 스러졌다. 차가운 얼음 덩어리가 목구멍을 틀어막는 것도 같았다.

똑같이 노란 조끼를 입은 늙은 여자 둘이 네발잡이 보행기를 밀면서 오고 있었다. 아침마다 동네를 돌며 쓰레기를 줍는 사람들이었다. 그네들을 본 붉은 개가 후다닥 몸을 일으켜 달아났다. 길은 산으로 가는 완만한 경사면을 따라 나 있어 비탈진 길을 올라온 그네들에게는 마을 안길 끄트머리께인 이곳이 잠깐 쉬어가는 길목이기도 했다.

쉬잇, 저놈의 개새끼. 엇다 주둥이를 대냐. 저리 가라.

그중 한 여자가 내게 호통을 치고는 길 가장자리의 흙을 발로 밀어 납작해진 뱀을 덮었다. 그것은 이제 길쭘하고 구불구불한 형태의 흙이 되었다.

저 개새끼가 쥔 없는 집에 아주 터 잡았나 보네.

그네들이 대문 앞에 엎드린 나를 가리켰다.

영식 엄마 죽은 지가 언제야? 하마 서너 해는 되었지? 무슨 소리야. 작년 그러께 가을이지. 그런가? 기억이 가물가물해. 엊그제가 한 백 년이나 전 같이 아득하기도 하고. 그나저나 빈집을 이렇게 오래 놔두는 게 아냐. 사람 훈기 없어지면 뜬것들이 모여들게 마련이야. 귀신들의 놀이터가 되는 거지. 봐봐, 벌써 많이 내려앉았구먼. 하루가 다르게 삭아가네. 오늘 밤에 무너진다 해도 이상할 게 없겠어. 이번 장마나 견뎌낼 수 있을까 몰라. 나 시집오기 전 옛날에 여기가 못이었다네. 그렇다면 물구덩이에 집을 지은 거네. 저길 봐. 지붕에 풀이 나기 시작하면 못자리가 되는 거지. 동네 흉물이 되었어. 이장도 면사무소에 민원을 넣었다지만 뭐, 함부로 헐 수 없대. 법이 그렇다는 거야. 영식이가 나오면 어떻게든 해결하겠지. 감옥소에서 평생 못 나올 거라드만. 하긴 남의 목숨 끊어놓고 어찌 제 목숨 살길 바라겠나. 그나저나 이 밭은 병수네가 부쳐

먹겠다고 했다지? 영식 엄마 두부 장사하느라 참 지악스럽게 콩 농사를 짓더구만 거두지도 못하고 그리되어버렸어. 불쌍한 여편네, 사람살이가 참 알 수 없이 허망하네.

그네들이 한숨을 쉬고 *끄*응 몸을 일으켰다. 종 작없이 뒤섞이며 이어지는 그들의 이야기도 들들대는 보행기 바퀴 소리도 느릿느릿 멀어져갔다.

나는 그네들의 눈이 되어 집을 바라보았다. 지붕에서는 바람에 날려 온 풀씨가 싹틔운 풀들이 머리칼처럼 솟구쳐 자라나고 쩌그럭쩌그럭 갈라지는 담장 아래, 그 여자가 가꾸던 화단에서는 지난해의 시든 풀들이 어린 풀들을 밀어 올리는 참이다. 천지간에 연둣빛 물들고 집은 기우뚱 기울어지는 참이다. 시나브로 가라앉는 참이다.

•

오늘은 이 길의 끝까지 가보아야겠다고 마음먹지만 걸음은 늘상 그런 것처럼 해피의 집 앞에서 저절로 멈추어졌다.

늙은 개 해피는 동네 입구 공터의 커다란 벚나무 아래에서 산다. 나무 밑동에 바짝 붙여 개집과 밥그릇이 놓여 있고 나무에 대못을 쳐 걸어놓은 줄이 짧아 한자리에서 먹고 싸는 통에 언제나 검게 젖어 있어 폐부를 찌르는 듯한 냄새가 났다. 그 독한 냄새는 토할 것처럼 역겹고 고통스럽고 다정하고 슬픈가 하면 친근하기도 했다. 그것은 해피의 몸에 배어 있는 비린 젖내, 따뜻하고 촉촉한 배의 감촉, 구릿한 입냄새 들과 함께 어딘가 아늑하고 친숙한 곳으로 나를 데려가는 것 같기도 했다. 때때로 몹시 춥거나 저 먼 곳으로부터 나를 향해 다가오며 점점 부풀어 오르는 바람이나 어둠 같은 것, 나쁜 꿈들로부터 도망칠 때면 나는 해피가 누워 있는 집 속으로 기어들어가곤 한다. 해피는 다리를 벌려 자신의 배에 나를 품어주었다. 그러나 이러한 것들도 해피의 뱃속에서 새끼들이 꼬물거리기 전까지의 이야기이다.

벚나무 굵은 둥치에서 수없이 갈라져 뻗은 가지에 히뜩히뜩 꽃들이 피어나는 중이었다. 그 흰 그늘 아래 길게 누워 있는 해피가 흘긋 눈을 치떠 나를 쳐다보고는 이를 드러내며 낮게 으르렁거렸다. 해피의 배에 여섯 마리의 새끼들이 매달려 머리를 박고 맹렬히 젖을 빨고 있었다. 해피의 네 다리가 암팡지게 새끼들을 감싸고 있다. 새끼가 생기면 해피는 예민하고 사나워진다. 밥그릇 바닥에 조금 남아 있는 밥에 눈길이 붙박였다.

나는 새끼들로부터 좀 멀찍이 떨어져 앉았다. 큼, 큼. 목소리를 가다듬었다.

참 이상한 일이야.

해피의 귀가 쫑긋 섰다.

산에서 내려온 뱀이 개구리를 잡아먹었거든.

나도 알아.

그런데 자동차가 획 지나갔거든.

나도 알아.

그래서 뱀이 없어져버렸어.

나도 알아.

해피는 이제 나를 쳐다보지 않는다. 늘어진 뱃가죽을 발톱으로 긁어대며 젖을 빠는 새끼들을 핥아주는 일에 여념이 없다. 나는 속으로 웃는다. 언제나 새끼 낳고 젖 먹이고 또 새끼를 낳으며 나무 주위를 맴돌 뿐인, 그것이 다인 해피가 무엇을 알겠는가. 이른바 떠돌이인 내가 돌아다니며 보고 들은 이상한 이야기들을 할라치면 해피는 내가 말을 채 마치기도 전에 무엇이든 "나도 알아"라고 한다. 나는 이제 다리를 건너온 붉은 개의 이야기를 할까 하다가 진저리를 쳤다. 밭두렁에서 꼼짝 앉고 나를 지켜보던 붉은 개를 떠올리자 몸의 어딘가가 지릿지릿하면서 소름이 끼쳤다.

해피가 제일 좋아하는 이야기는 가짜 새 이야기
이다. 사람들은 허수아비에게 속지 않게 된 새들
을 쫓기 위해 매서운 눈과 날카로운 부리와 발톱
을 그려 넣은 비닐 풍선 매를 줄에 매어 띄웠다. 그
러나 새들은 그 가짜 매를 전혀 무서워하지 않고
그 위에 올라가 놀다가 똥을 찍 깔기고 부리로 눈
알을 톡 쪼아 터뜨려버렸다. 가짜 매는 자기가 죽
은 줄도 모르고 너덜너덜한 비닐 조각으로 펄럭거
리며 웃음거리가 되었다. 똥을 찍 깔겼다구? 펑, 터
뜨렸다구? 해피는 되물으며 재미있어 죽겠다는 듯
하하 웃곤 했다. 나는 해피가 새끼들에게 정신이
팔려 있는 사이 재빨리 밥그릇에 다가갔다. 바닥에
붙어 있는 밥알을 싹싹 핥아먹었다.

공터 앞, 경로당에서는 마을의 늙은이들이 모여
티브이를 보고 화투를 치고 밥을 해 먹고 낮잠을
자기도 한다. 해피의 주인인 경로당 관리인은 오래
전 해피가 경로당 앞을 지나가는 자동차에 치이자

목줄 길이를 반으로 줄였다. 그 사고로 해피는 앞발 하나가 뭉개져 절룩거린다. 차바퀴에 짓이겨진 발에 처맸던 헝겊을 풀고 보니 발이 없어졌어. 그런데 맨날 아프고 가렵기도 해. 해피는 발가락도 발톱도 없이 공이처럼 뭉툭할 뿐인 자기의 발을 부끄러워했다. 돌아앉아 몰래 핥고 물어뜯는다.

배가 불룩해진 새끼들이 해피에게서 떨어져 나와 자기들끼리 한데 엉겨 물고 자빠뜨리고 뒹굴며 논다. 해피는 눈을 가늘게 뜨고 그들을 줄곧 따라다닌다. 뭉툭한 발을 뻗어 뒤뚱뒤뚱 나무 밑을 벗어나려는 새끼를 감아 들인다.

경로당에서 해피의 주인이 냄비를 들고 나와 해피의 밥그릇에 쏟아부었다.

꽃 조오타!

나무를 올려다보며 한소리 했다. 그가 꽃을 바라보며 담배 한 대를 다 피우고 들어가자 나는 얼른 밥그릇으로 다가갔다. 허겁지겁 반 그릇 남짓 먹었을 때 해피가 천천히 일어났다. 나는 재빨리 물러났다. 해피가 절대로 허용하지 않는 것이 한 밥그릇에 같이 머리 들이미는 것이다.

해피의 배는 축 늘어져 땅에 끌릴 지경이다. 배가 꺼질 짬이 없이 줄곧 새끼를 배고 낳기 때문이었다. 눈을 뜬 새끼들은 바늘 같은 이가 솟아오를 즈음이면 종이 상자에 담겨 나무 밑을 떠났다. 새끼들은 왈왈, 처음 질러본 제 여린 소리에 놀라 어미를 돌아볼 겨를도 없이, 끙끙 우는 어미의 소리도 듣지 못하고 상자에 담겨 실려 갔다. 경로당의 영감들이 "땅도 해걸이를 해주지 않으면 땅심이 약해져 못쓰는데 돈도 좋지만 이 늙은 개에게 어떻게 연년이 새끼를 내나" 혀를 찼다.

털 뭉치처럼 소복소복한 새끼들이 밥을 먹는 해피의 꼬리를 물고 논다. 꽃그늘 사이로 어룽어룽 비쳐드는 밝은 햇살이 그들 주위에 울타리를 만들어주고 있었다. 그 빛의 울타리가 너무 눈이 부시어 다가갈 수 없었다. 해피에게는 내가 보이지 않는 모양이었다. 가늘게 뜬 눈이 줄곧 새끼들에게 향해 있다. 바람이 휘익 불 때마다 꽃잎이 후르르 후르르 떨어져 내렸다. 해피의 머리에도, 질척한 땅에도 밥그릇에도 떨어졌다. 바람에 불리는 꽃잎을 강아지들이 쫓아 뛰기도 했다. 햇빛과 바람과 분분히 날리는 흰 꽃잎의 평화가, 그 안에서 노니는 그들이 다만 무심하고 무심할 뿐인데 나는 자꾸 울음이 치미는 듯 목이 메었다.

•

개천에서는 청둥오리들이 물길을 따라 오르내리며 자맥질을 하고 있었다. 그림처럼 조용히 떠 있다가 무엇에 놀란 듯 일제히 푸드덕 치솟아 날아오르기도 했다. 하얀 해오라기 한 마리가 물에 발을 담그고 서서 그 모습을 물끄러미 바라보고 있었다. 지난 겨울은 혹독하게 추웠다. 어미 청둥오리가 물가 풀숲에 숨겨놓은 새끼들을 몰래몰래 잡아먹곤 하던 커다란 삼색고양이는 죽어 겨우내 얼음 속에 갇혀 있다가 물이 풀리고 나서야 물길 따라 흘러갔다.

날이 따뜻해진 탓인지 개천 둑 산책로에는 사람들이 제법 많았다. 떠돌이인가? 주인을 잃었나? 목줄도 없이 돌아다니는 걸 보니 버린 걸 거야. 꼴을 보니 집 나온 지 오래되었네.

사람들이 나를 멀찍이 피해 가거나 쉬잇, 저리 가, 위협하며 쫓았다.

개야, 개야.

통통하고 작은 손을 내밀며 아장걸음으로 내게 다가오는 아이를 그 애의 엄마가 얼른 안아 올렸다.

지지야, 더러워. 물면 어쩌려고 그래.

사람들은 다 그렇게 말했다.

떠돌이 개들은 무섭고 더러워. 위험해. 저렇게

돌아다니게 놔둬서는 안 돼. 잡아들여야지. 불쌍하지만 별 도리가 없어.

그런 말을 들으면 정말로 얼마든지 무섭고 더럽고 위험하고 불쌍하고 자유로워도 될 것 같았다.

백구야, 백구야.

백구는 무슨, 똥개가 시커멓게 더러워져가지곤. 흑구네, 흑구야.

맛이야 황구가 젤이지. 그 몰골로 살아가자면 너도 참 고달프겠다.

길을 막으며 맞은편에서 걸어오던 젊은 남자들이 한마디씩 던졌다. 그들 중의 한 사람이 빵 조각을 흔들며 나를 불렀다. 주춤주춤 다가가다가 누군가 어깨를 확 잡아 밀치는 듯 다급한 목소리에 물러섰다. 안 돼, 안 돼. 어서 도망쳐. 돌아보아도 아무도 없었다. 머리칼을 잡아맨 젊은 여자가 끌고 가는 유모차 안의 작은 개가 나를 물끄러미 바라보았다. 쉿쉿 위협하여 둥글게 에워싼 포위망을 좁

혀오는 그들 중의 하나가 개천 둑길에 버려진 우산을 집어 드는 것을 보고 엄마 품에 안긴 아이가 울음을 터뜨렸다. 강아지 아파서 아야아야 해. 때리지 말아.

그들이 멈칫하는 사이 돌아서서 달렸다.

개천 둑을 벗어나 자동차들이 달리는 넓은 길을 가로지르고 작은 도랑을 건넜다. 집들이, 땅에 엎드려 일하는 사람들이, 축사에서 어음어음 길게 울고 있는 소들이 줄로 주욱 긋듯이 휙휙 지나간다.

이제 아무도 이상 쫓아오지 않는데도 누군가 등 떠미는 듯 멈출 수가 없다. 온몸의 털이 일제히 일어서며 부풀어 오르다가 바람 속으로 흩어진다. 몸은 사라지고 오직 어떤 기운만이 홀로 내달리는 것 같다.

어느 순간 누군가와 함께 달리고 있다는 느낌을 받는다. 그 언젠가의 뜨거운 숨과 헐떡임, 와아와아 나뭇잎을 뒤흔드는 바람 소리와 땅을 박차고 내닫는 힘찬 발소리다. 흐린 꿈속에서도 늘 그랬다. 아가야아가야아가야 달리자달리자달리자. 그 소리는 우리가 가는 이 길의 끝까지, 우리가 건너는 이 물의 끝까지, 우리가 오르는 이 산의 높은 곳까지 달려보자고 말한다.

문득 길이 끊기고 터널이 나타난다. 그 어두운 입에서 은빛으로 빛나는 길고 매끄러운 기차가 토해져 나온다. 기차는 햇빛을 튕겨내며 산굽이를 돌아 사라지고 철길에 남은 무언가 엎지른 듯한 끈끈하고 미끈거리는 자국, 뜨겁게 달구어진 쇳내에 나는 어리둥절하다. 세상은 스위치를 내린 듯 일순간에 고요해진다. 아가야아가야 내어여쁜아가야. 먼 산의 봉우리마다 부딪혀 되돌아오는 소리들. 언제나 거기서 길이 끝나고 꿈에서 깨어난다. 꿈에서 깨어나지 않았다면 그 소리와 함께 길의 끝에 가 닿았을까. 그 물의 끝에 가 닿았을까.

어딘가 낯익은 풍경이 문득 앞을 막는다. 멈춰

서서 숨을 고른다. 둥글게 입 벌린 어두운 터널로부터 나란한 두 줄의 선로가 뻗어 나와 햇빛을 퉁겨내고 있었다. 나는 유심히 선로 위를 살핀다. 아무것도 없다.

철길 건너 낮은 산 중턱을 헐어낸 넓은 개활지가 잡힐 듯 빤히 보였다. 커다란 트럭들이 서 있을 뿐 사람들의 모습은 보이지 않았다. 그곳에서 붉은 개가 놀고 있었다. 바람에 흙먼지가 부옇게 피어오르고 그 속에서 그는 붉은 소용돌이가 되어 맴돌았다. 바람에 날아가는 비닐봉지를 따라 뛰어가다가 발밑 제 그림자의 꼬리를 잡으려 뱅글뱅글 돌기도 한다. 높이 떠 날개를 활짝 편 새가 커다란 그림자로 붉은 개를 덮치고 붉은 개는 하늘을 올려다보며 목청껏 짖어보기도 한다. 그렇게 바람과 놀고 햇빛과 놀고 자기의 그림자와 논다. 몸 깊은 곳으로부터 솟구치는 기쁨을 어쩌지 못해 달리고 뛰어오르고 뒹굴며 우우 소리친다.

•

공원 벤치에 두 아이가 조금 떨어져 나란히 앉아 있다. 분홍색 원피스를 입은 여자아이와 파란색 반바지를 입은 남자아이는 언제나 그 자리에 앉아 있다. 분홍색과 파란색 옷은 색깔이 바래고 군데군데 칠이 벗겨져 마치 해진 옷 사이로 생살이 보이는 것 같았다.

나무가 많은 공원의 그늘은 짙고 어두웠다. 날이 저물면서 바람이 불고 차가워졌다.

추위 따위야 아무렇지도 않다는 듯 방긋 웃는 얼굴로 앞만 바라보고 앉아 있는 아이들에게 말을 걸었다. 뭘 보고 있는 거니? 방긋. 춥지 않니? 방긋. 밤이 되면 무섭겠다. 방긋. 나는 그 애들이 동그랗게 뜬 눈으로 줄곧 향하고 있는 곳을 바라보았다. 바라보는 사이 산마루에 걸려 있던 해가 툭 떨어지듯 산 너머로 사라졌다. 노을이 스러지는 검푸른 하늘에 별들이 돋아났다.

공원 쓰레기통을 헤집어 누군가 먹다 버린 빵을 찾아냈다. 먹을 것을 보면 먹을 수 있는 데까지 먹어두어야 한다. 오래도록 먹을 것을 찾을 수 없을 때는 언제나 온다. 노란 크림이 달게 혀에 감겼다.

반듯하게 자른 따뜻하고 고소한 두부와 차갑고 깨끗한 물의 맛, 공손하게 놓아주던 그 여자의 마디가 퉁퉁 불거진 거친 손이 떠올랐다.

아이들이 벤치에서 일어났다. 어디로 가는 거니? 내 물음에 여자아이가 쉬잇, 비밀이야, 입술에 손가락을 댔다. 깊고 깊은 밤의 끝까지 걸어가면 아침이 되는 거야. 두 아이는 손을 꼭 잡고 나무들 사이로 난 길로 걸어갔다. 나는 그 애들을 따라갔다. 공원을 벗어난 가로수 길에서 아이들의 모습이 어슴푸레 사라졌다. 뛰다시피 뒤쫓아 갔으나 무엇엔가 삼켜진 듯, 스며들어간 듯 찾을 수가 없었다.

가로등이 일제히 켜졌다. 불빛에 드문드문 사람들과 자동차가 지나갔다.

·

나무 밑이 휑했다. 새끼들이 보이지 않았다. 해피가 나무 주위를 맴돌고 있었다. 처르륵처르륵 쇠줄 무겁게 끌리는 소리만 들렸다. 고개를 푹 숙이고 돌다가 오줌을 누고 똥을 눈다. 오줌과 똥을 밟으며 묵묵히 돈다. 내가 다가가도 돌아보지 않는다. 한 걸음 한 걸음 움직임에 따라 물이 가득 차 있는 듯 무겁게 늘어진 배가 흔들렸다. 온몸이 울음주머니가 되어 흐득흐득 잘게 떨고 있는 것 같았다.

새들이 깃들 곳을 찾아 벚나무 우듬지로 까맣게 모여들었다. 하루 낮 사이에 활짝 핀 흰 꽃 사이 무성히 뻗은 잔가지마다 내려앉는다.

새들은 멍청이야. 나뭇가지에서 자다가 죽어서

그냥 툭 떨어지지.

해피는 못 들은 양 대답하지 않는다. "나도 알아" 하지 않는다. 이건 해피가 내게 해준 이야기니 당연히 나도 알아, 해야 맞다. 그런데도 해피는 대꾸하지 않는다. 공원에서 두 아이가 있었는데 밤이 되면 둘이 손잡고 어디로 가. 어디로 가는지는 비밀이래. 밤의 끝까지 걸어가면 아침이라네.

걸음을 멈추고 벌겋게 부어오른 젖을 핥으며 해피가 나를 쳐다보지도 않고 아주 낮게 웅얼거린다. 그냥 지나가라.

불시에 발로 세게 차인 것 같았다. 슬금슬금 뒷걸음질을 쳤다. 그의 슬픔이 무서웠다.

•

나는 헛간 문 안쪽에 그 여자가 깔아놓아준 깔개에 엎드려 밖을 내다보았다. 멀리 드문드문 떨어져 있는 집들의 불빛이 흐린 눈처럼 보였다.

밤새 소리, 개천 물 흐르는 소리에 섞여 드르륵 드르륵 귀 익은 소리가 들리는 것 같기도 했다. 그 여자가 이 집을 떠나 돌아오지 않게 된 후에도 가만히 귀를 기울이면 때때로 닫힌 부엌문 안쪽에서 맷돌 가는 소리가 들려왔다.

그 여자는 밤새 맷돌을 돌렸다. 부엌 바닥에 주저앉아 함지에 수북이 담긴 불린 콩을 한 줌씩 넣으며 한 손으로 맷돌을 돌렸다. 두 개의 맞물린 둥근 돌짝 틈으로 흘러내리는 걸쭉한 콩물을 끓여 두부를 만들었다. 이른 아침에 사람들이 갓 만든 따뜻한 두부를 사러 왔다. 요즘에는 이런 옛날식 두부를 맛볼 수 없다고, 이 동네 사람들만이 아니라 먼 곳에서도 사러 온다고 했다.

그 여자는 가는 비가 축축이 내리던 아침, 대문 밖 쓰레기통을 헤집다가 인기척에 후다닥 달아나는 나를 보고는 다시 집 안으로 들어갔다. 두부를 그릇에 담아 쓰레기통 옆에 놓아두고 대문 안으로 사라졌다. 그 여자가 완전히 안에 들어갔다는 것을 알고 나는 그 두부를 먹었다. 다음 날에도 그다음 날에도 담장 밑에 두부와 깨끗한 물그릇이 놓였다. 그것은 차츰 대문 안쪽으로 옮겨졌다. 이집의 낡은 철대문은 닫히는 법이 없었다. 나는 대문 안으로 들어가 그 여자가 놓아준 두부를 먹고 깨끗한 물을 마셨다.

밤이슬 맞으면서 한뎃잠 자지 말고 여기서 자라. 언제든지 네가 오고 싶을 때 오면 된다.

그 여자는 담요를 몇 번 접어 부엌 옆 헛간 문 안쪽에 깔고 문을 열어두었다. 그렇게 나는 이 집에 깃들었다. 밤이든 새벽이든 언제나 열려 있는 문으로 들고 났다.

새벽의 첫 손님은 언제나 트럭을 타고 다니는 중년 남자였다. 두부로 아침 식사를 해결하고 바로 작업 현장으로 간다고 했다. 잠이 덜 깬 듯 부

스스한 낯으로 대문을 들어서면서 하는 말은 늘 똑같았다. 누님, 최대한 뜨겁게! 맵게! 쏘주도 딱 한 모금!

나를 처음 보던 날, 그는 나를 가리키며 말했었다.

못 보던 놈이네. 누님, 개 들였어요? 보아하니 떠돌아다니는 놈 같은데. 똥개야, 복날 조심하거라.

그런 말 마요. 짐승이든 어떤 미물이든 내 집에 찾아드는 것은 그리운 게 있어서라오. 보광사 스님이 그랬어요. 수없이 거듭해온 윤회의 어느 생에서 어떤 식으로든 서로 인연이 맺어져 있던 거래요. 그러니 개를 학대하지 말고 먹지도 말라구요.

그러면 이 개가 누님의 돌아가신 부모나 형제자매일 수도 있다는 거요? 먼 조상 중의 누구일 수도? 차라리 전생의 원수라면 그럴 법도 하겠네. 다 헛소리구만요.

그러고는 짐짓 엎드려 내 배 밑을 들여다보며 암놈이네, 붕알이 없어, 했다. 남자는 볼 때마다 대단

한 농담인 양 낄낄대며 말했다.

두붓살이 부끌부끌 올랐네. 이제 된장 발라 끓이면 오 인분은 되겠다. 멍멍아, 복날 조심하거라.

그 여자는 눈을 마주치는 법이 없었다. 깊이 내리깔고 땅만 보았다. 두부를 사러 오는 사람들에게도 그랬다. 원하는 만큼 두부를 잘라 비닐봉지에 넣어 건네고 돈을 받고 거스름돈을 내주는 내내 눈을 내리깔고 있었다. 말을 건네거나 웃는 일도 거의 없었다. 있으면서도 없는 사람 같았다.

그 여자는 늘 가슴 어디께가 아픈 듯 손바닥으로 가슴을 문질렀다. 맷돌을 돌리다가, 밭에서 김을 매다가, 마당을 쓸다가 문득문득 일손을 멈추고 한참 동안 가슴을 세게 누르고 있기도 했다. 미간에 세로금이 칼자국처럼 길게 패어 있어 심한 통증이거나 치밀어 오르는 무엇인가를 억지로 참고 있는 듯 보이기도 했다.

그 여자는 내게 매일 두부와 깨끗한 물을 주었

지만 내게 가까이 오거나 손짓해 부르는 일은 없었다. 손이 닿지 않을 만큼의 거리, 즉 잡히지 않을 만큼의 거리가 그 여자와 나 사이에는 언제나 있었다.

여름내 그 여자는 콩밭 두둑을 타고 김을 매면서 노래인 양 혼잣말인 양 낮게 웅얼거리곤 했다. 입 안의 소리로 웅얼대던 목소리가 점차 크고 높아졌다.

나는 세상을 볼 수 없는 사람이 되어버렸어. 옛날 사람들은 하늘에 죄를 지으면 삿갓을 덮어쓰고 살았다는데. 왜? 왜? 왜? 왜 그랬지? 어떻게 그런 일이 일어났지? 흰둥아, 너는 알겠니?

밭고랑의 지렁이를 파내는 데 정신이 팔려 있던 나는 흰둥아, 악을 쓰듯 부르는 소리에 고개를 들면서 가슴이 쿵 내려앉았다. 그 여자가 바로 내 곁에 다가와 있었다. 마치 굳게 닫혀 있던 문이 열리듯, 그래서 문 저쪽의 낯선 정경처럼, 커다랗게 뜨인 눈동자 안에 내가 들어 있었다. 거품 이는 개천 물에 비치던, 길거리 유리에 비치던 떠돌이 작은 개, 내가 그 여자의 눈 속에 들어갔다. 너는 누구니, 어디서 왔니, 네 이야기를 해보려무나. 그렇게 나는 그 여자의 안타까운 물음이 되었다.

그 여름, 매일 밤낮없이 비가 내렸다. 다리가 잠기고 개천 물이 넘쳤다. 길이 끊겨 사람들은 두부를 사러 오지 않았다. 그 여자가 밤마다 만드는 두부는 나무틀에 담겨 쌓이는 대로 상해갔다. 고름 잡히듯 벌겋고 미끈거리는 곰팡이에 뒤덮인 두부를 손수레에 싣고 나가 황톳물 넘치는 개천에 내다버렸다. 함지 속 물에 불린 콩은 시커멓게 썩거나 파랗게 싹이 났다.

깊은 밤 그 여자는 벌거벗고 밖으로 나가 비를 맞았다. 번개가 칠 때마다 하얗게 번쩍이는 빛에 벌거벗은 몸이 쪼개지고 부서졌다. 사납게 쏟아지는 폭우를 맞으며 맷돌질로 굵고 단단해진 팔을 들어 자신의 몸을 미친 듯이 때렸다. 어둠을 가르는 푸른 빛 속에서 춤을 추고 있는 것처럼 보이기도 했다. 번개가 번쩍일 때마다 세상이 순간적으로 쪼개지며 그 속살을 잠깐 내보여주는 것 같기도 했다. 그 여자가 그 쪼개진 틈으로 사라져버릴 것 같았다. 그러지 마요. 그러지 마요. 내가 목청껏 짖는 소리 따위는 빗소리 천둥소리에 묻혀버렸다.

그 여자는 사이렌 소리를 울리며 달려온 자동차에 실려 나갔다. 서리가 하얗게 내린 새벽이었다. 여느 날처럼 두부를 먹으러 온 트럭 운전사가 부엌으로 들어서다가 뛰쳐나왔다. 주머니에서 허둥지둥 전화기를 꺼내 들었다. 열린 문으로 맷돌 옆에 엎어져 있는 그 여자와 뒤집힌 함지, 부엌 바닥에 흥건한 물과 쏟아져 흩어진 콩이 보였다. 트럭 운전사가 어디론가 전화를 걸어 다급한 목소리로 떠들었다. 담벽에 오줌을 누고, 저리 가라, 이 개새끼, 부엌 안을 기웃거리는 내게 발로 차는 시늉을 해

보이고 담배를 피우는 사이 하얀 차가 삐뽀삐뽀 요란한 경적을 울리며 마을 안길로 달려왔다.

……두부를 먹으러 왔는데 아주머니가 맷돌에 엎어져 있길래 놀라 누님, 누님 부르며 흔들었더니 그냥 옆으로 픽 퉁그러저…… 이거 큰일 났구나 싶어 바로 신고를…… 현장 보존이 무엇보다도 중요하다는 것을 아니까 아무것도 안 건드렸어요.

트럭 운전사가 들것을 들고 안으로 들어가는 남자들에게 설명했다.

그 여자는 들것에 실려 차에 태워졌다. 나는 자동차를 따라 뛰었다. 그러나 자동차는 금세 굽잇길을 돌아 사라졌다. 마을 집집의 대문이 열리고 사람들이 내다보았다. 차의 경적 소리가 사라질 때까지 매여 있는 개들이 길길이 뛰며 짖어댔다. 나무에 깃들었던 새들도 그 소리에 잠을 깨어 까맣게 날아올랐다. 트럭 운전사는 대문 안을 들어서는 나를 보고 너를 어쩌냐, 하며 한숨을 쉬었다.

트럭 운전사는 마당의 수도를 틀어 한바탕 세수를 하고 집 안을 휘둘러보았다. 들것에 실린 그 여자의 발에서 벗겨져 마당에 떨어져 있는 꽃무늬 덧신 한 짝을 주워 마루에 올려놓았다. 열어젖혔던 부엌문을 틈 없이 잘 닫았다. 헛간 문을 닫기 전 안을 휘둘러보던 그의 눈이 깔개에 엎드린 나와 문 안쪽에 가지런히 놓인 밥그릇과 물그릇에 멎었다. 나를 힐긋 보고는 열린 채 그대로 두었다. 트럭에 올라타 시동을 걸다가 다시 내려 잘 닫아놓은 대문을 조금 열어놓았다. 바람에 저절로 닫히는 일이 없게 벽돌로 괴어주었다. 떠나기 전 차창으로 얼굴을 내밀고 뭐라 큰 소리로 말했는데 알아듣지 못했다.

•

눈을 뜨자마자 해피의 집 쪽으로 갔다.

경로당 앞에 빨간색 커다란 버스가 서 있었다. 알록달록한 옷을 입고 배낭을 멘 동네 사람들이 버스에 타고 있거나 나무 밑에 모여들었다. 한 손에 붕대를 감고 한 손에는 개목걸이를 든 해피의 주인이 나타나자 나무 밑에 서 있던 사람들 중의 한 명이 붕대 감은 손을 가리키며 물었다.

손이 왜 그래? 다쳤나?

개가…… 새끼를 뗐더니 사나워져서…… 밥 주려는데 덥석 물더군. 이젠 늙어서 더 새끼 받기도 어렵겠고 관광 가느라 사나흘 비우자니 밥 챙길 사람도 없고, 이참에 치웠네.

해피의 주인이 모자의 챙을 젖히며 턱짓으로 개 잡는 집 쪽을 가리켰다.

주인 무는 개는 안 되지. 잘 치웠네. 안 그래도 냄새 고약하고 벌레 꾄다고 민원이 좀 있었지.

해피의 주인은 텅 빈 해피의 집에 해피의 목을 죄던 형태로 둥그런 목걸이와 쇠줄을 던져 넣고 버스에 올라탔다.

관광버스가 떠나고 나무 밑은 텅 비었다. 마을도 텅 빈 것같이 오가는 사람이 없었다. 비어 있는 해피의 집과 둥그런 목걸이, 해피의 꼬리를 물고 놀던 새끼들, 그리고 그들을 에워싼 환한 빛의 울타리, 어젯밤 묵묵히 나무 주위를 맴돌던 해피의 모습이 겹쳐 떠오르다가 사라졌다. 해피의 오줌으로 검게 젖어 있는 흙과 똥을 바라보았다. 뭔가 잘못 삼킨 것처럼 가슴이 뻐근하게 아파왔다. 나동그라진 밥그릇과 허옇게 쏟아진 밥알들이 내게 무어라고 열심히 말을 하는 것 같았다.

•

연둣빛 연연하게 깔리는 산비탈을 타고 붉은 개가 내려오고 있었다. 다리를 건너 이쪽을 향해 똑바로 그어진 금을 따라 걷듯 그의 걸음은 확실하고 망설임이 없었다. 나는 밭두렁을 따라 천천히 걸었다. 시든 풀더미를 헤집고 자주 멈춰 서서 찔끔찔끔 오줌을 흘리고 부어오른 아랫도리를 핥는 내 몸의 움직임을, 그 견딜 수 없는 가려움증과도 같은, 누군가 피가 나도록 긁어주기를, 어쩌면 깊이 이빨을 박아 콱 물어주기를 애원하는 조바심을 그의 눈길이 줄곧 따라다니고 있음을 알고 있었다.

해가 높이 떠오름에 따라 그림자는 점점 짧아졌다. 내가 걷는 동안 그림자는 두 귀가 바짝 선 길쭘한 형체이다가 잇댄 크고 작은 두 개의 동그라미이다가 엎질러진 물 자욱처럼 발밑에서 뭉개지기도 했다. 밭고랑을 타고 앉아 종일 김을 매던 그 여자의 모습이 어른대기도 했다. 우린 이렇게 같이 있어도 서로 다른 세상을 살고 있는 거야. 그렇지? 나는 사람이고 너는 개라는 사실은 엄연해. 그래서 고독한 것이지. 그 여자는 그런 말도 했었다.

나는 문득 멈춰 섰다. 밭 귀퉁이, 덤불과 흙에

가려진 곳에 검은 빛의 형체가 있었다. 가만히 코를 들이대고 냄새를 맡아보았다. 지난겨울이거나 더 전에 죽었을 까마귀였다. 한 쌍의 날개는 검게 빛나고 있지만 그 날개 밑에는 몇 개의 작고 가는 뼈만 남아 있을 것이다. 오랫동안 햇빛과 바람과 눈비를 맞으며 보이지 않는 포식자들의 먹이로 완성되어가는 그것은 이제 아무런 냄새도 풍기지 않는다. 나는 오랫동안 신중히 냄새 맡고 살펴보다가 그것을 입에 물었다.

꼼짝도 하지 않고 조용히 앉아 나를 주시하던 그가 마침내 일어나 한 발자국씩 다가왔다. 가까이에서 본 그의 털은 더 이상 붉거나 빛나지 않았다. 바늘같이 뾰족하고 따가운 풀꽃 씨들이 잔뜩 달라붙은 털은 윤기 없이 바래고 군데군데 벗겨져 벌겋게 짓무른 피부가 드러나기도 했다. 비쩍 마르고 더러웠다. 눈곱 낀 눈이 끈끈하고 붉게 달아 있어 무서웠다. 달아나야 한다고 생각했지만 꼼짝도 할 수 없었다. 어쩌면 이 모든 것이 이렇게 예정되어 있었고 나는 이 순간을 오래 기다려왔던 것 같기도 했다.

그가 다가와 엉덩이에 코를 대는가 싶더니 순식간에 등에 올라탔다. 더없는 다정함으로 목덜미를 지그시 물며 온힘을 다해 앞다리로 내 아랫배를 조였다.

나는 새의 머리를 씹고 가슴뼈와 다리뼈를 씹는다. 기름기도 물기도 다 없어진 마른 뼈의 부서지는 소리가 가볍고 명랑했다.

그의 몸에서는 그가 달려온 모든 길과 물과 비와 바람과 햇빛이, 그것들의 기억이, 오직 살고자 하는 아름다운 본능과 생의 무위한, 지금 이 순간의 기쁨만이 숨 쉬고 있다.

그의 애탐, 갈구와 갈망이, 안타까운 헐떡임이 내 안의 가장 깊은 곳, 어둡고 따뜻한 곳으로 온힘을 다해 들어온다. 뱃속에서부터 치미는 이상한

기쁨과 슬픔과 구역질을 참으며 나는 아무런 맛
도 냄새도 느껴지지 않는 마른 뼈를 우적우적 씹
는다.

보배

잊는다는 것은 곧 잃는 것이라지만 나이 팔십이면 잊는

것도 잃는 것도 그다지 안타까워할 일은 아닌 것이다.

기억이 너무 많으면 영혼이 무거워서 저승 가는 일이 힘

들어질 것이다.

날 밝기 전 잠에서 깨어났다. 신새벽 눈을 뜰 때면 언제나 벽과 천장, 간소한 가구의 모서리가 희미하게 드러나기 시작하는 방 안의 정경은 물론 노인요양원의 한 방을 차지하고 누워 있는 나 자신조차도 낯설어지는 감정에 젖게 마련이다. 어린 시절 낮잠에서 깨어날 때 나를 휩싸던 서러움 비슷한 감정을 맛보는 것까지 여느 때와 똑같다. 잠은 얕고 꿈은 어지럽다. 흐릿하고 종잡을 수 없지만 꿈의 내용은 대개 비슷하다. 어두운 부엌의 물 항아리에 좌르륵좌르륵 물 쏟아붓는 소리, 밤 깊도록 골목골목을 울리던 다듬이질 소리. 파랗게 어린 쑥이 돋아나는 해토머리에 두 살배기 막내 동생 무영이를 업고 나물 캐던 일, 메주 띄우는 큼큼한 냄새 가득한 방 안에서 등에 이불을 괴고 비스듬히 앉아 계시던 아버지의 깊고 슬픈 눈……. 근자에 들어 꾸는 꿈의 정경이 이곳으로 떠나오기 전 시절의 울 밖을 벗어나지 못하는 것을 보니 나도 이젠 갈 날이 머지않았나 보다 생각한다.

"보배, 잘 잤어요? 좋아 보이네요. 어젯밤엔 또 무슨 꿈을 꾸었나요?"

평상시처럼 혈압기와 약을 갖고 들어온 간호사 넬리의 함박웃음과 수선스런 인사말로 아침이 시작된다.

"보배, 오늘은 무엇을 할 건가요?"

"남편의 묘지에 가볼까 해."

"정원에 꽃이 많이 피었는데 그걸 좀 꺾어 드릴

게요."

문득 떠오른 생각을 내뱉었을 뿐인데 말을 하고
보니 그것도 좋겠다 생각이 들었다. 점심때쯤 증손
녀 제니퍼가 오겠다고 했으니 그 애의 차로 데려다
달라면 될 것이다.

대학에서 문학을 공부하고 있는, 세칭 이민 4세
대인 제니퍼는 사탕수수 농장의 노동자로 자원하
여 증기선을 타고 스무 날의 항해 끝에 이곳에 온
청년 김윤수와 사진신부 박보배로부터 시작된 집
안의 역사를 소설로 쓰기 위해 무엇보다도 나의
이야기가 필요하다고 한다. 지난 세기와 함께 시작
된 우리들의 역사가 그 애의 펜 끝에서 어떤 이야
기로 기록되고 펼쳐질지 궁금하지 않은 바 아니나
많은 것들이 망각 속에 묻힌 지금 살아온 세월들
을 충실히, 충분히 되살릴 수 있을지 자신이 없다.
어쩌면 남편의 묘지에서라면 기억의 실타래가 풀
리고 말문이 열릴지도 모르겠다.

남편은 이곳에서 15마일 정도 떨어져 있는 한인 묘지에 묻혀 있다. 함께 배를 타고 왔던 사람들도 꽤 많이 묻혀 있으니 외롭지는 않을 것이다. 요양원으로 옮겨오고 난 후에는 발길이 뜸해지긴 했어도 나는 매번 "다음에는 아주 오게 될 터이니 기다리고 계시우"라는 인사말을 남기곤 한다. 20년 전 그를 떠나보낼 때는 내가 이토록 지상에 오래 남아 있게 될 줄 몰랐었다. 나지막한 산 둔덕에 자리 잡은 묘지에서는 저만치 멀리 바다가 보였다. 그는 죽어서도 바다를 보고 있다. 병들어 바깥출입이 어려워지자 그는 이 층의 베란다에 흔들의자를 놓고 앉아 자신을 이곳으로 데려온 바다를 종일토록 바라보곤 하였다.

　나는 그의 관에 그가 쓰던 안경과 옛 땅을 떠나올 때 신었던 가죽신, 그의 어머니가 수놓아 만들어준 수저집을 함께 넣어 묻었다. 놋수저 한 벌을 넣어 가지고 왔다는 수저집은 간직하고 싶었지만 마지막에 마음을 바꾼 것은 그 비단 헝겊주머니에 남아 있는 얼룩 때문이었다. 장생불사를 상징한다는 해, 푸른 산, 흐르는 물, 바위, 구름, 소나무, 거북, 학, 사슴 들을 수놓은 오색실의 빛깔은 수십 년이 지나도록 변함없이 찬란하였다. 그러나 자세히 보면 흰 비단 바탕에 군데군데 누르스름하게 번진 얼룩이 있었다. 새댁 시절, 홀아비 생활 십 년간의 가난한 살림살이 중에서 어울리지 않게 호사스러운 비단 수저집을 발견했을 때 오색수로 정교한 십장생의 무늬보다 먼저 눈에 들어온 것이 그 얼룩들이었다. 기약할 수 없는 먼 길을 떠나는 아들의 명과 복을 비는 마음, 흐린 불빛 아래 한 땀 한 땀 수놓으며 짓던 어머니의 눈물이었을까. 어쩌면 고향과 어머니를 그리며 그가 떨구었던 눈물이었는지도 모르겠다.

제니퍼는 그 옛날, 조선 땅을 떠나올 때부터 지녔던 물건들이 자신의 글쓰기에 영감을 주리라고 했으나 내게 남아 있는 그의 자취는 없다. 아니다. 그와 내가 함께 이룬 가정과 자손들, 그들과 더불어 일군 세상이 있다. 일곱 아이들을 낳아 둘을 일찍 잃었지만 다섯 명의 자식들이 낳은 자손들, 또 그 자손들. 낯선 땅에 옮겨 심은 가녀린 나무는 세월이라는 햇빛과 바람과 비로 뿌리내려 둥치는 굵어지고 가지를 무성하게 뻗었으며 씨앗을 퍼뜨렸다. 아이들은 바람 타고 나는 깃털처럼 산 넘고 물 건너 너른 세상 곳곳으로 퍼져갔다. 이만하면 한세상을 '살았다' 하지 않겠나 싶다. 그것으로 족하지 않나 싶다.

•

잊는다는 것은 곧 잃는 것이라지만 나이 팔십이면 잊는 것도 잃는 것도 그다지 안타까워할 일은 아닌 것이다. 기억이 너무 많으면 영혼이 무거워서 저승 가는 일이 힘들어질 것이다. 그렇다 하더라도 제니퍼에게 이야기를 들려주기 위해서는 정신을 가다듬어 기억 속의 길을 찾아보아야 할 것이다.

서랍장에 간직해둔 사진첩을 꺼내 첫 장을 펼친다. 누렇게 바랜 사진 속의 얼굴은 앳된 청년이다. 짧게 자른 앞머리칼을 말끔하게 뒤로 넘겨 넓게 드러난 이마 아래 두 눈과 꼭 다문 입매가 자신의 앞날에 대한 기대와 불안함이 뒤섞인 표정을 만들고 있다. 긴 항해의 멀미조차 잊게 만든 불안과 설렘, 이제 처음 만나게 될 남편에 대한 온갖 공상 속에서 하루에도 수십 차례씩 품속에서 꺼내보았던 사진이었다. 사진 속의 그가 바로 내 운명임을 모르지 않았기 때문이었다. 그러나 호놀룰루에 도착하여 첫 대면한 남자는 사진 속의 그 젊은이가 아니었다. 사탕수수 농장에서 막일꾼으로 보낸 십 년 세월로 중늙은이가 되어버린 그의 얼굴에 칼금을 만들며 어색하게 비어져 나오는 웃음을 보면서 그 낯설음과 실망감에 울음이 터져 나올 것만 같아 나도 모르게 얼굴을 돌리지 않았던가.

장을 넘겨 명례와 봉옥이와 함께 사진관에서 찍은 사진을 오래 바라본다. 우리는 우리 앞에 놓인 길을 지워버리고 머나먼 미지의 세상으로 거침없이 뛰어들었던 용감한 처녀들이었다.

명례는 남편과 마찬가지로 한인 묘지에 묻혀 있고 일찍 캘리포니아로 들어간 봉옥이와는 소식이 끊겼다. 죽었거나 살아 있거나 앓고 있겠지.

하와이에 가기로 결정하고 예배당을 나온 우리는 사진관에 가서 각각 신랑에게 보낼 독사진과 셋이 함께한 기념사진을 찍었다. 먹물 먹인 실로 살을 떠서 의형제를 맺으며 죽을 때까지 형제의 우애를 나누자고 다짐한 것도 그날의 일일 것이다. 우리는 뿔뿔이 헤어졌지만 똑같이 왼쪽 팔뚝 안쪽에 새긴 세 개의 검은 점은 시든 피부에 아직 남아 있다.

부모는 숭례문 부근 의원집에서 행랑살이를 했다. 너른 안마당 한쪽으로 수십 개의 약탕관이 즐비하게 놓여 언제나 약 달이는 냄새가 진동하던 것, 방마다 침을 맞으러 온 사람들이 가득하던 것, 토방에 어지러이 흩어져 있는 신발들을 가지런히 정리해놓던 어린 내 모습 들이 떠오른다. 마당쇠로부터 청지기, 약 달이는 일과 병자 수발드는 일을 가리지 않고 하시던 아버지가 병을 얻어 눕게 되자 어머니는 큰살림의 안잠자기로 바쁜 중에도 아버지의 몫까지 일하느라 집 안팎을 팽이처럼 돌며 쉴 짬이 없었다. 주인마나님은 영천 부근의 예배당에 다니는 예수꾼이었다. 나는 열다섯 살 무렵부터 주인마나님을 따라 해동예배당에 다니기 시작했다. 글을 가르치고 서양식 공부도 가르쳐준다는 말에 솔깃했던 것이다. 행랑살이의 구실도 잘 못하는 병자인 아버지에 대해 못마땅해 하는 기색 없이 보아주는 무던한 주인마나님의 마음을 거스르지 않기 위해서인지 부모도 예배당에 가는 일을 막지 않았다. 명례와 봉옥이는 예배당에서 만난 동무들이었다. 명례는 고아로 선교사인 랜튼 부인이 집안일을 시키며 거두는 아이였고 얼굴이 예쁘고 몸태가 고운 봉옥이는 소실의 딸로, 제 엄마처럼 돈푼이나 있는 남자의 첩실이 되거나 권번에 들어가야 할 처지였다. 열여덟 살이 된 내게 어머니는 시집보낼 걱정을 하셨으나 나는 시집보다도 신학문을 가르친다는 이화학당에 들어가고 싶었다. 사람들은 남의 첩이나 기생들이 다니는 학교라고 손가락질했으나 진홍색 치마저고리를 입고 책보를 들고 가는 그들을 보면 그렇게 부러울 수가 없었다. 언젠가 먼발치에서 나 몰래 도둑선을 본 남자 쪽의 어머니가, 얼굴이 각지고 어깨가 사내처럼 넓어 팔자가 드세겠다고 퇴박 놓았다는 얘기를 건네 듣고는 더욱 그러했다. 비슷비슷한 처지의 남자를 만나 가난과 관습의 굴레에서 한 치도 벗어나지 못하고 어머니처럼, 이 땅의 모든 여자들처럼 여자로 태어난 죄를 한탄하며 살다가 죽으리라는 생각을 하면 가슴이 꽉 막혀오는 것 같았다.

어느 날 랜튼 부인이 우리를 목사관으로 불렀다. 조선을 떠나 하와이라는 곳으로 갈 생각은 없는가고 물었다. 그곳에는 수년 전부터 많은 조선 청년들이 옮겨가 큰돈을 벌면서 일하고 있는데 참한 규수를 찾아 혼인하고 싶어 한다는 것이었다. 그곳은 조선 땅에 비할 바 없이 넓고 자유로워 원하는 공부도 할 수 있다고 하였다. 물산이 넘쳐나 생활이 풍족하고 남녀가 평등하고 출생의 천함과 귀함이 없으며 누구나 노력하는 만큼 뜻하는 바를 이루리라, 돈을 많이 벌어 조선의 가난한 가족들을 걱정 없이 살게 할 수 있으리라고도 하였다.

"거긴 돈이 많아 빗자루로 쓸어 담을 정도란다. 일 년 내내 춥도 덥도 않고 날씨가 화창하여 사철 푸른 풀, 붉은 꽃이 만발하지. 나도 젊었으면 그곳으로 가겠다. 새 세상을 살아보겠다."

랜튼 부인의 말을 옮겨 전해주던 전도부인이 우리에게 말했다. 그러한 좋은 세상이 과연 있을까 싶으면서도 우리는 랜튼 부인의 말을 의심할 수 없었다. 조선 땅 밖으로 얼마나 많은 나라와 인종과 색다른 문물 들이 있는지 날이면 날마다 새롭게 듣고 있는 터였다.

보름간의 생각할 말미를 받아 돌아와 며칠을 망설이다가 치도곤을 맞을 각오로 어렵게 입을 떼었을 때 의외로 부모의 반응은 담담했다. 이미 주인 마나님으로부터 이야기를 들었던 탓도 있을 것이고 병이 깊은 아버지가 매사에 마음을 놓아버린 탓도 있을 것이다.

흉흉하고 불안하기 짝이 없는 세상이었다. 가뭄과 기근으로 굶어 죽는 사람들이 속출하고 홍수 뒤에 호열자와 장질부사가 창궐하여 죽는 사람들이 헤아릴 수 없었다. 사람들은 유리걸식으로 연명하거나 저 멀리 만주로, 연해주로 살길을 찾아 떠났다. 늙은 부모를 토굴 속에 가둬 굶겨 죽인 자식이나 허기를 못 이겨 자식을 잡아먹었다는 소문이 드물지 않았다. 대궐에 일장기가 내걸리고 곧 왜놈의 나라가 되어 조선 사람들은 그들의 종살이를 하게 되리라 하였다. 내 마음이 그쪽으로 기울어져 있음을 아신 어머니는 "여자 팔자와 물길은 돌려대기 달렸다니" 하며 긴 한숨을 내쉬셨고 아버지는 "거기도 사람 사는 데고 개명한 곳이라 하니⋯⋯" 하며 말끝을 맺지 못하셨다.

•

랜튼 부인은 세 장의 사진을 뒤집어놓고는 우리에게 어떤 사람을 원하는가 물었다. 봉옥이는 인물이 좋고 돈 잘 벌고 학식이 있는 남자, 명례는 술노름을 하지 않고 때리지 않는 남자를 원한다고 했다. 나는 똑똑하고 심지가 굳은 사람, 마음 착한 사람이라고 했다. 랜튼 부인이 하하 웃었다. 우리가 바라는 모든 것을 다 갖춘 남자는 이 세상에 없다고, 그러나 우리가 그렇게 만들어갈 수 있다고 말했다.

하얀 뒷면을 보이는 사진을 앉은 순서대로 집었다. 그것이 광산김씨 김윤수와의 첫 대면이었다. 나와는 15년이나 차이 나는 서른넷의 늙은 총각이었지만 사진 속의 남자는 하이칼라 머리의 앳된 청년이었다.

내 사진을 보낸 석 달 후 김윤수는 혼서지와 함께 얼마간의 돈, 이러한 인연도 하늘의 뜻일 터이니 산 설고 물 설고 말도 풍습도 다른 타국의 생활이 아무리 힘들고 외롭더라도 잘살아보자는 내용의 편지를 보내왔다. 문면이 점잖고 달필이어서 한결 마음이 놓이던 기억이 난다. 해를 넘겨 1913년 초봄, 19세 조선 처녀인 나는 제물포에서 증기선을 타고 호놀룰루를 향해 이십여 일의 긴 여정에 올랐다. 어머니는 그가 보낸 돈을 헐어 남자 한복 일습과 붉은 치마 푸른 저고리 한 벌을 지어주셨다. 이름뿐인 혼례식 날 단 한 번 입고 넣어두었던 그 옷을 입고 그는 저세상으로 갔다. 나 또한 그 옛날의 붉은 치마 푸른 저고리로 갈아입고 그의 곁으로 가게 될 것이다.

●

집 떠나기 전날, 여느 때와 다름없이 우물에서 물을 길어 항아리를 채우고 저녁밥을 지었다. 아버지와 어머니, 네 동생들이 호롱불빛 아래서 묵묵히 저녁밥을 먹었다. 벽에 이불을 괴고 기대 앉아 수저를 든 채로 나를 바라보시던 아버지의 망연하고 슬프고 깊은 눈길은 지금도 잊히지 않는다.

밤에 가마솥에 물을 데워 부엌문을 걸어 잠그

고 몸을 씻었다. 이른 봄이라 벗은 몸에 소름이 오
스스 돋았으나 좁은 부엌 안은 이내 더운 김으로
부애졌다. 부끄러워 마다했으나 어머니가 굳이 따
라 들어와 몸을 씻어주셨다. 어머니에게 몸을 보인
것은 철들고 처음이었다.

"거기 가면 돈도 보낼 수 있대요. 거기서는 빗자
루로 돈을 쓸어 모은답니다."

"그럴 리가 있느냐. 다 헛소리지. 누구나 제 힘
팔아 돈 사는 법이다. 죽으면 썩어질 몸이라지만
그저 내 몸을 천금같이 아껴라."

어머니는 또 말씀하셨다.

"나도 네 아버지를 신방에서 처음 보았느니라.
부부의 인연은 사람의 뜻이 아닌 것 같더라."

"......"

"내가 산 것이 아니라 목숨이 제 스스로 살았다.
너는 다른 세상을 살아라."

다음 날, 날이 밝아올 무렵 나는 길게 땋아내려

붉은 댕기를 물린 머리채의 중동을 가위로 서걱서
걱 잘라냈다. 잘려진 긴 머리채를 댕기째 빗첩에
싸놓았다. 삼단 같은 머리카락을 자르고, 낯선 남
자의 사진을 품고 그의 아내가 되기 위해, 새 세상
을 살기 위해 집을 떠났다.

간밤을 뜬눈으로 새운 듯 눈이 붉어진 어머니는
긴 골목의 끝까지 따라 나오셨다. 내게 등 떠밀려
되돌아가던 어머니가 갑자기 몸을 돌려 울음 섞인
목소리로 부르셨다.

"아가, 보배야. 보배야, 어디서건 부디 몸 성하고
잘살아라."

보배야, 보배야. 슬픔과 탄식과 안타까움으로 젖
은 어머니의 부름은 그날 이후 줄곧 귓전에서, 마
음에서 맴돌며 슬픔과 낙망과 고통에서 나를 일으
켜 세우는 힘이 되었다. 어머니와 아버지의 첫아이
인 나는 그들의 보배이고 나 자신의 보배인 것이
다. 어쩌면 살아온 세월, 나의 일생은 그 이름과 그

이름의 뜻을 스스로에게 깊이깊이 각인시키는 과정이었는지도 모른다.

이곳에 와서 나는 캐서린이라는 새로운 이름을 갖게 되었지만 보배라는 이름을 버리지 않았다. '보배'란 가장 귀하고 소중하고 아름다운 모든 것을 가리키는 말이라는 것을 알게 된 자식들은 그들의 아이들에게 '보배'라는 미들네임을 붙여준다. 제니퍼 보배 바드. 필립 보배 김. 신시아 보배 야마시타……. 세상 곳곳으로 흩어져 살아가는 아이들이, 우리가 가보지 못할 미래의 세상을 살아가게 될 아이들이 그들이 처한 모든 곳에서의 보배가 되기를, 무엇보다도 자신의 보배가 되기를 바라는 마음에서일 것이다.

•

남편은 평생 부지런한 노동자이며 성실한 가장으

로 살았다. 떠나온 땅과 두고 온 사람들을 그리는 감정을 내비치는 일 없이 살았으나 늙고 병들어서는 고향으로 가는 바닷길만을 바라보다가 죽었다. 내가 그를 알았다고 말할 수 있을까. 백정의 자식으로 태어난 그가, 신분의 족쇄와 차꼬를 풀고 아무도 모를 세상에서 원 없이 살아보고자 했다는 그가 자신이 꿈꾸던 인생을 살았는가, 알 수 없는 일이다. 그의 인생에 대해, 나의 인생에 대해 성공이나 실패라는 말을 붙이는 것은 무의미한 일일 것이다. 먼 곳으로 날아간 씨앗처럼 그 떨어진 자리에서 뿌리내리고 자손을 퍼뜨리며 살았을 뿐이다. 그와 나는 사탕수수 농장의 노동자로 해돋이에서 해넘이까지 무거운 짐을 진 노새처럼 노역의 삶을 묵묵히 이끌어나갔고 그런 중에 차례로 태어난 아이들은 캄캄한 밤의 반딧불이처럼 신비한 빛으로 고된 삶의 의미와 가치와 보람을 일깨워주었다. 삶의 어려움이, 낯선 세상에서 살아야 한다는 불안과 외로움과 축생과도 같은 평생의 노역이 우리를 피폐하게 만들기도 하고 많은 소중한 것들을 파괴하기도 했으나 그 어려움과 외로움이 또한 우리를 진정 하나로 만들었다는 것을 나는 그를 떠나보내고 나서야 비로소 알았다.

사람들은 흔히 자신의 일생을 소설책으로 엮으면 열 권도 넘을 것이라고 말한다. 삶이 끝나면 비로소 이야기도 끝나는 법. 사진첩을 덮으며 나는 생각한다. 누구에게나 산다는 것은 자신의 이야기를 만들고 써내려가는 일인지도 모른다고……

나무 심는 날

어머니가 앞서 힘겹게 통과한 그 모든 시간들을 나 또한 지나가고 있으며 겪어내야 한다고 생각하면 안도감이 들고 두려움이 가셨다. 다 견뎌낼 수 있으리라는 자신감도 생겼다.

"이모할머니가 오신 줄 알았네요. 모자를 쓰시니 더 똑같으세요."

친척의 결혼식장에서 오랜만에 만난 이종 조카가 깜짝 놀라는 표정으로 인사를 했다. 원래 엄마 모자였거든, 하고 대꾸했지만 그의 말이 아니더라도 나는 종종 거울에 비치는 내 얼굴에서 어머니를 본다. 세상 떠난 지 십 년 가까이 지난 어머니가 사정없이 늙어가는 내 얼굴에서 되살아난다. 얼굴에 젖은 면포나 닥종이를 덮어놓은 것처럼 어머니

얼굴의 윤곽선이 선연히 드러나고 오래전의 낯익은 표정이 입혀진다.

●

어젯밤 꿈에 어머니를 보았다. 어머니는 연한 보랏빛이 섞인 회색 모자를 맵시 있게 기울여 쓰고 있었다. 그 모습에, 내가 모자를 어머니에게 돌려드린 거구나 하면서 꿈속의 마음이 좋아졌다. 잃어버린 모자에 대한 애석함 때문에 그런 꿈을 꾸었나 싶었다.

그 모자는 오래전 어머니에게 생신 선물로 드렸던 것인데 유품 정리를 하면서 내가 가져와 쓰게 되었다. 내게 조금 작은 듯했으나 차츰 머리에 편안히 맞게끔 늘어났다. 알러지 때문에 염색을 할 수 없었던 어머니는 머리칼이 세면서부터 모자를 즐겨 썼다. 외출할 때마다 거울 앞에서 모자를 쓰며, 머리가 허옇게 달래바구니가 되어버렸어, 한숨을 내쉬곤 했다. 나 역시 모자 쓴 내 모습을 거울에 비춰보며 짐짓, 머리가 허옇게 달래바구니가 되어버렸어, 소리 내어 말하거나 엄마? 불러보기도 했다. 때로, 어디 계신 거지요? 물으면 거울 속의 어머니는 별다른 표정 없이, 그저 좀 아득해 보이는 눈빛으로 나를 물끄러미 바라보았다.

그 모자는 햇볕으로부터 얼굴 전체를 가려줄 만큼 넉넉하게 챙이 달려 있어 유용하고 실크 소재의 가벼움과 옅고 은은한 색깔 때문에, 게다가 천의 올이 성겨 보일 만큼 낡아 있어 마치 머리에 바람이나 구름 한 점 얹은 듯한 느낌도 나쁘지 않았다. 그런데 지난봄 그 모자를 잃어버렸다. 어디엔가에 흘렸거나 놓고 왔을 것이다. 살아오면서 많은 것들이 그러했듯이 제 스스로 때를 알아 떠난 것이라고 생각하면서도 상실감은 의외로 컸다. 외출할 때마다 은연중에 그 모자를 떠올리며 아쉬워했다. 그렇다고 그 비슷한 것을 찾아 새로 장만할 마음은 없이 맨머리로 뜨거운 햇볕을 견디며 여름을 났다.

●

"루드비꼬 씨, 여기 안 오셨나요?"

출입문이 열리는 것과 동시에 파마머리를 길게 늘어뜨린 동그란 얼굴이 빼꼼 나타났다. 안을 한 바퀴 휘둘러본 그녀는 "사무실을 비워놓고 어딜 갔담" 투덜대며 문을 닫았다. 루드비꼬 씨, 루드비꼬 씨, 부르는 높고 날카로운 여자의 목소리와 발소리가 멀어져갔다. 아까 화장실을 다녀올 때 복도에서 대걸레와 양동이를 들고 지나가는 루드비꼬 씨를 본 기억이 났다.

마흔 안팎으로 짐작되는 루드비꼬 씨는 납골당이 있는 이 봉안성당의 유일한 직원이다. 사무장이라는 직함을 갖고 있지만 봉안 상담 외에도 안팎 청소와 건물 관리를 도맡아 하면서 미사 시간에는 중백의를 입고 새치가 많은 머리칼을 가지런히 빗어 눕히고 복사를 선다. 이곳을 드나들면서 낯이 익어 목례를 하는 정도의 사이이지만 프란치스코 수도회의 수사였다가 환속했다는 뒷말을 들은 후로는 그를 보는 눈길이 조금 유심해졌다.

언덕길로 몇 대의 승용차와 검은 띠를 두른 하얀 장의 버스가 잇달아 올라왔다. 차에서 내린 검은 옷차림의 사람들이 영정 사진과 유골함을 앞세우고 건물 안으로 들어갔다. 2층 성당에서 봉안 의식이 있는가 보았다. 이곳에서 드물지 않게 만나는 광경이다. 여러 날에 걸친 장례 절차의 마지막 수순으로 화장장을 거쳐온 사람들은 대체로 지치고 허허한 모습으로 어딘가 덜 식은 재의 온기와 냄새를 풍긴다.

예전 초등학교 시절, 간혹 사나흘씩 결석을 하

는 아이들이 있었다. 여자아이라면 머리에 흰 무명
천의 작은 리본을 꽂고 남자아이라면 가슴에 역시
나비 모양으로 접은 작은 삼베 조각을 달고 학교
에 왔다. 학급 아이들은 그 애들에 대해 여느 때와
는 달리 선뜻 별명을 부르며 놀리거나 장난질을 치
지 않고 조금 어색하고 조심스러운 태도를 보였다.
선생님은 말없이 머리를 한번 쓰다듬어주고 숙제
를 안 했거나 준비물을 안 가져왔어도 교실 뒤쪽
이나 복도에 세우는 벌을 주지 않았다. 아이들은
도화지나 크레파스 따위를 나눠 쓰고 쉬는 시간에
는 변소에 같이 가주고 볼일을 마칠 때까지 문 앞
에서 기다려주기도 하였다. 죽은 자를 가졌다는,
죽음을 보았다는 그 특별함에 경의와 호기심을 표
하는 아이들다운 방식이었을 테고 또한 그 애들을
향한, 슬픔의 수행자로서의 역할 요구이기도 할 것
이었다. 죽음이라는 어둡고 불길한 신비가 주는 비
현실감은 그러나 살아 있는 생명체로서의 약동과

즐거움을 오래 억누르지 못한다. 한나절이 지나지 않아 자신이 어머니 혹은 아버지를 영원히 잃었다는 것을 잊고 아이다운 본성을 되찾는다. 와와 떠들고 웃고 뜀박질을 하는 어느결에 흰 리본이 머리에서 흘러내려 땅에 떨어지고 가슴팍에서 뜯겨나갔다. 알 수 없는 먼 세상에서 날아온 비밀한 소식처럼 그들의 머리나 가슴팍에 붙어 있던 나비 모양의 상장喪章은 흙먼지 속에 밟히고 묻혀 다른 많은 버려진 것들 속에 사라져갔다.

사람들이 모두 건물 안으로 들어가고 마당에 혼자 남은 운전기사가 버스에 기대서서 언덕 아래를 내려다보며 담배를 피운다.

여름이 지나면서 성당 마당은 어수선하게 파헤쳐졌다. 새로 정원 조성을 하고 주차장도, 야외 쉼터도 만들려는, 즉 가용 면적을 늘리려는 공사였다.

지인의 봉안 의식에 참례하면서 알게 된 이후 나는 일주일에 사나흘 정도, 노트북과 작은 녹음기,

한두 권의 책, 뜨거운 보리차를 가득 채운 보온병과 샌드위치가 든 배낭을 메고 삼십 분을 걸어 이곳을 찾는다. 성당으로 올라오는 언덕길과 마당이 한눈에 들어오는 창가에 앉아 이어폰을 끼고 의뢰인과의 인터뷰 녹취를 풀어 녹취록을 작성한다.

주로 자서전, 회고록 등의 대필과 윤문 작업으로 밥을 버는 내게 그것은 어느 정도 기계적인 노동이기도 하다. 주로 의뢰인의 이야기를 듣고 불확실하거나 이해가 어려운 부분에 대해 질문하고 인터뷰 녹취를 되풀이해서 들으며 그것을 토대로 한 편의 인생담을 만들어내는 일은 나 자신이 쓰는 존재와 쓰여지는 존재라는 두 개의 자아로 나누어지는 일이기도 하다. 여러 달에 걸친 작업으로, 의뢰인의 인생과 빙의에 가까운 밀착 관계를 갖지만 원고를 완성하는 것과 동시에 이루어지는 결별은 너무도 완벽해서 나 자신이 이 바닥에서 부르는 말 그대로 날이 밝으면 사라지는 유령처럼 느껴지기도 한다. 녹취를 되풀이해서 듣다 보면 의뢰인의 발화發話에서 말해지지 않는 부분이, 극력 억누르거나 숨기고 있는 욕망이 감지된다. 모든 사람, 모든 삶의 순간은 미스터리이다. 타인의 삶 속으로 들어가 그가 되어 살아보는 것, 그것은 가면에의 욕망일까, 자기 실종의 욕망일까.

서너 시간, 때로는 해가 질 때까지 종일 머물며 일거리를 밀어두고 책을 읽거나 지워버릴 것이 분명한 글들을 몇 문장씩 써보기도 한다. 자주 화장실을 들락거리고 뜰에 나가 드문드문 설치한 스피커에서 낮게 흘러나오는 남성 단음부의 그레고리오 성가를 들으며 걷기도 한다.

납골당 참배객이나 납골당에 유골을 안치하는 봉안 의식을 치르는 사람들이 이용하는 이 '만남의 방'에는 열 개 남짓한 테이블, 정수기와 컵이 갖춰져 있지만 대체로 비어 있기 마련이다. 산을 등진 건물 뒤켠으로 계단식 좌석을 갖춘 반원형의

야외무대가 있어 때때로 작은 공연이 열린다. 지난 초가을에는 이 지역 바로크 앙상블의 야간 공연이 있었다. 일교차가 심해 밤이 되자 기온이 뚝 떨어지면서 추웠다. 구름이 끼어 건성드뭇 보이는 별빛이 멀고 흐렸다. 아마도 여름의 마지막 빛인 양 반딧불이가 날고 연주 내내 밤새 소리, 풀벌레 소리가 비올라와 피아노의 음 사이로 끼어들었다. 발정기에 든 고라니 우는 소리가 꿰액꿰액 산을 울리며 들리기도 했다. 연주회가 끝난 후, 주님께서 허락하신 아름다운 생명의 협화음, 우주의 감응이라는 사회자의 인사말에, 주섬주섬 자리에서 일어나던 사람들이 돌아서서 계단 좌석 뒤켠의 어두운 숲을 향해 크게 박수를 쳤다.

봉안 미사가 시작되었는지 2층의 성당 쪽으로부터 낮고 느린 음조의 성가가 들려왔다.

……대문 밖 미루나무의 높은 가지에 걸터앉으면 푸

른 채마밭과 길게 뻗은 신작로, 그 너머 바다가 한눈에 들어온다. 바닷물은 누군가 부르는 듯 달음질쳐 나가고 한나절이 지나 다시 돌아온다. 지금은 물이 썩 물러간 때여서 눈이 닿는 끝까지 검은 갯벌이 펼쳐져 있다.

그는 형님을 기다리는 중이다.

경성에서 전문학교를 다니는, 열두 살이나 차이가 나는 형님은 방학을 맞아 집에 올 때마다 노란 모리나가 밀크캐러멜을 주머니 가득 넣어 왔다.

비행기를 태워주마. 형님이 똑바로 누워 두 다리를 들어 올리면 그는 형님의 커다란 발바닥에 가슴을 대고 둥실 떠서 두 팔을 활짝 벌렸다. 이 세상의 어디로든 가자. 바다 건너 산 넘어 바람처럼 달려 멀리멀리 가자. 반도쯤이야 한달음에 훌쩍 넘어 아라사로 가자. 시베리아로, 만주로 가자. 태평양도 대서양도 건너 저어기 불란서로, 아메리카로 가자. 보이지? 여기는 낮이지만 거기는 깜깜한 밤인데 불빛이 휘황하게 불야성을 이루고 있구나. 그곳은 지는 해가 가는 곳, 지는 달이 가는 곳이란다. 기환아, 이담에 너는 어디든지 훨훨 네 맘껏 날아보아라.

그는 두 팔을 좌악 벌리고 오대양 육대주를 훨훨 날았다.

형님이 떠나면서 다음에 올 때는 하모니카를 사다 주겠다고 했다. 하모니카를 갖고 있는 아이는 단 한 명, 해동의원집 아들 용재뿐이었다. 하모니카를 입에 대고 한껏 혀를 떨며 부는 모습이 너무 멋졌다. 한바탕 불고 나서는 탁탁 침을 털어내고 깨끗한 거즈 수건으로 닦았다. 새물내를 물씬 풍기는 반짝이는 빛과 너무도 하얗고 깨끗한 수건을 보면서 아무도 감히 한 번만 불어보자고 말하지 못했다. 이제 곧 형님이 돌아오고 그는 아무도 한 번만 불어보자고 조를 수 없는 하모니카를 갖게 될 것이다.

방학을 하고 벌써 열흘이 지났다. 아직 온다는 기별은 없지만 그는 매일 나무 위에 올라가 저 멀리 신작로 끄트머리께에 나타날 형님을 기다린다. 기다리는 마음에 하루가 길고 지루했다.

푸른 하늘에서 모이고 흩어지며 흘러가는 구름을 본다. 햇솜처럼 마냥 따뜻하고 포근해 보이는 구름이 실은 차가운 물의 알갱이들이라는 것, 저 푸른 창공에서는 항상 세찬 바람이 불고 있기 때문에 쉬지 않고 형상을 바꾸며 움직이는 것이라고 배웠지만 그가 알고 있는 어떤 것에도 빗대어 이름 붙일 수 없는 모양으로 피어오르고 흐르고 스러지는 구름 속에 누군가, 무엇인가가 숨어 있는 것만 같았다. 옛날이야기 속의 신령들은 구름을 타고 노닌다. 정말 그럴까. 따뜻한 물속에 잠겨 있는 듯 노곤하게 온몸이 풀리는 것 같았다.

깜빡 졸았던가. 뭔가 이마 위로 서늘하게 지나간 듯한 느낌에 눈을 떴다. 벌레가 떨어졌나, 이마를 쓸어본다. 아무것도 잡히지 않았다. 너무 고요하고 평화로워 그냥 울음이 북받칠 것 같은 한낮의 정적뿐이다. 멀리서 하얗게 파도를 일으키며 물이 들어오고 있었다.

햇빛이 일렁일렁 비쳐드는 나뭇잎 사이로 보이는 신작로에 멀리 작은 물체가 보인다. 커다란 함지를 인 어머니와 형수님이다. 빨래터에 다녀오는 듯했다. 어서 빨래를 널고 점심상을 차려내야 하는 그들의 마음처럼 발걸음이 바쁘다. 무명치마 앞이 번쩍 들리도록 배가 부른 형수님의 가쁜 숨소리가 들리는 듯했다. 야야 기환아아, 또 나무에 기어 올라갔구나. 빨리 내려오지 못하겠니? 잔나비 영신이 씌었나, 맨날 나무에 기어 올라가다니. 저러다 기어코 큰 사달이 나고야 말지.

곧 형수님은 점심상을 차리고 어머니가 대문간에 나와 서서 나무를 올려다보며 그를 소리쳐 부를 것이다. 그들을 바라보는 사이 신작로 끄트머리께에 또 하나의 작은 형체가 나타났다. 그의 눈길이 닿는 가장 먼 곳, 커다란 트렁크와 사각모. 형님이다. 아, 형님, 형님이 오세요. 그가 어머니와 형수님에게 소리 쳤다. 이상하다. 그들에게는 그의 소리가 전혀 들리지 않는가 보았다. 신작로 위 어머니와 형수님은 뒤를 돌아보지도, 나무 위를 올려다보지도 않고 앞만 보며 잔걸음질로 바삐 걷는데 전혀 가까워지지 않는다. 마치 제자리걸음을 하고 있는 것만 같다. 저 뒤쪽의 형님도, 형님의 발밑에 뭉개진 짧은 그림자도 굽잇길에서 멈춰 서 있다. 그들의 뒤로 바닷물이 빠르게 밀려오고 있었다. 신작로에 서 있는 그들을 덮칠 듯 우르르우르르 사나운 기세다. 갯벌에 울퉁불퉁 드러나 있던 바위들도 동그마니 작은 섬들도 물속으로 사라졌다. 나무에서 내려가기 위해 아래 가지로 다리를 내뻗었다. 얼굴을 할퀴는 가지와 무성한 이파리들을 젖히다가 등줄기로 차가운 소름이 돋는다. 무엇인가 그를 뚫어지게 바라보고 있다. 부릅뜬 눈인가. 크게 벌리고 웃는 입같이도 보인다. 그것이 나무에 박힌 커다란 옹이 자국이라는 것을 뒤늦게 알았지만 무서움은 가시지 않았다. 그가 지켜보는 동안 그 검은 구멍은 점점 넓고 깊어지며 그를 향해 다가왔다. 그것을 피하려고 몸을 한껏 젖히다가 발이 휘끈 미끄러진다. 나무가 너털웃음 치듯 몸을 흔들어 그를 털어낸다.

바람 타듯 너울너울 흔들리며 아래로 아래로 떨어지면서 그는 키가 크는 꿈을 꾸고 있는 것이라고 생각한다. 그를 에워싼 세계는 늪과도 같다. 부드럽고 끈끈한 입이 되어 그의 작은 몸을 한없이 빨아들일 뿐이다. 어서 이 꿈에서 깨워달라는 그의 비명은 그 비열하고 음험한 정적을 뚫지 못한다……

내가 며칠째 잡고 있는 글의 도입부이다. 말없음표로 표기된 채 글은 그 지점에서 더 이상 나아가지 못하고 있다. 나무에서 떨어진 그 아이는 청년으로 자랐고 전장에 나갔고 돌아와 젊은 나이에 죽었다. 내가 태어나기 전에 죽었을 것으로 추정된다. 그 시절을 이야기해줄 사람은 이제 아무도 없다. 내가 쓰고자 하는 글 속의 '그'는 나의 삼촌이다. 한때 소설가로 불렸으나 오래전 창작을 접었고 스스로 대필 작가, 유령 작가라고 칭하는 데 별다른 자의식을 갖지 않는 내게 불현듯 그의 이야기를 쓰고자 하는 마음을 내게 한 욕망의 실체가 무엇인지는 알 수 없다. 그러나 이것 역시 어머니의 섬망 속에서, 그 오래된 기억의 감옥에서 살고 있던 그를 불러내는 일이니, 이미 살아낸 시간들을 다시금 불러와달라는 내 의뢰인들의 요구와 다를 바 없는 것이기도 할 것이다.

흰 벽 높직이 걸린 십자고상을 멍하니 바라보다가 나는 자판 위에 손을 얹은 채 창밖으로 시선을 돌린다. 담배를 피우던 운전기사는 보이지 않는다.

추락, 추방, 떨어진다, 천천히……. 곧 지워버릴 맥락 없는 글자들을 친다.

'그곳에 두 짝의 구두가 버려져 있었다. 누군가

그곳에 벗어두고 맨발로 길을 따라 걸어갔다. 길은 산 쪽으로 나 있다…….'

이어 '어느 날 길을 걷다가 우연히 보게 된 낡은 구두 한 켤레가 돌연 그 여자에게 불러일으킨 기이한 정념, 열정이 무엇이었던가'라고 친다. '그것의 사라짐으로부터 그 여자의 글쓰기는 시작된다'라고 치고 그 문장을 한참 동안 들여다본다. 자신을 3인칭으로 지칭하며 바라보는 일에는 어느 정도 자학적인 쾌감이 있다. 이어 나는, '그 여자는 '그'에 대한 이야기를 써보려고 한다…… 그 여자는 모자를 잃어버렸다. 그 모자는 어머니의 유품이다'라고 치고 곧 지운다.

•

여름이 시작될 무렵 늦은 아침, 나는 성당으로 오는 길에 버려진 구두 한 켤레를 발견했다. 그곳은 새로 조성되는 공단 부지로 사람과 차량의 통행이 뜸한 곳이어서 나는 시끄러운 찻길을 피해 좀 멀지만 이 길을 택해 다니곤 했다. 2차선 길이 닦여 아스팔트 포장까지 되어 있었으나 공사는 어떤 연유로인지 진척이 되지 않는 것 같았다. 길 양쪽으로 철근 골조만 세워진 채로 중단된 건물들이 서 있고 완공되었어도 비어 있는 곳이 많았다. 야적장에 무질서하게 부려진 모래더미와 건축 자재들, 녹슬어가는 컨테이너, 시멘트 도관, 쓰레기장으로 변해가는 공터에 우거진 수풀 등 그 황량한 살풍경이 감각의 어느 부분을 찌르듯이 낯설게 일깨우는 것도 나쁘지 않았다.

그 구두는 횡단보도 앞 인도에 심어놓은 어린 벚나무 아래 가지런히 놓여 있었다. 나는 발길을 멈추고 그것을 한참 동안이나 바라보았다. 어떤 기시감 때문이었다. 보통 공사장에서 신는 작업화가 아닌 평범한 남자용의 갈색 가죽구두로, 발등의 주름 잡힘과 미세한 균열, 좌우로 넓게 퍼진 형태, 유난히 안쪽으로만 닳은 뒷굽 등 변형된 모양이 신발 주인의 발 모양이나 보행 습관을 생생하게 보여주어 방금 벗어놓은 것처럼 온기와 냄새도 남아 있을 듯했다. 구두의 앞부리가 횡단보도를 향해 있어 신발의 임자가 방금 그곳에 신발을 벗어놓고 맨발로 횡단보도를 건너가는 모습이 상상되었다.

그것을 보았을 때의 기시감이란, 납작하게 눌린 뒤축을 보는 순간 귀에 쟁쟁히 울리던 어머니의 목소리에서 비롯된 것일 게 분명했다.

어머니가 가장 싫어하는 것이 신발 뒤축 꺾어 신는 것이었다. 멀쩡한 신발 뒤축 꺾어 신고 발 질질 끌면서 지축지축 걷다니. 신발 신는 버릇을 보면 됨됨이를 알 수 있지. 걸음걸이가 당당하고 단정하지 못하면 인생이 망가져버려. 우리 형제들이 자라면서 어머니로부터 들은 가장 호된 나무람일 것이다. 어쩌다가 신발 꺾어 신은 것을 보면 사정없이 등짝을 후려치기도 했다.

그 후로 나는 그곳을 지나칠 때마다 으레 그래야 할 것처럼 그 구두에 눈길을 주면서 어머니의 목소리를 들었다. 어머니의 눈이 되어 심하게 뒤축 눌린 구두를 바라보면서, 지축지축 발을 끌며 밤이든 낮이든 때를 가리지 않고 어머니를 찾아오던 한 젊은 남자의 모습을 떠올려보곤 했다.

•

구두는 나날이 흙먼지로 더러워져갔다. 주위에 빈 음료수 병이며 담배꽁초들과 휴지 조각, 필시 손대기 꺼려지는 더러운 것들이 들었음직한 검은 비닐봉지 따위가 놓이기 시작했다. 쓰레기라고 불리는 것들의 집하장이 되어갔다.

초여름으로 접어들면서 비가 잦았다. 본격적인 장마가 오기 전인데 때 없이 폭우가 쏟아졌다. 북극의 빙하가 녹아내리고 사막에 눈이 오는 등 전 지구적 재앙을 예고하는 기후 변화의 표지라고 했다.

새벽부터 내리던 비는 점차 장대비로 변했다. 아침결인데도 집 안이 물속에 잠긴 듯 어둡고 습했다. 거실과 방, 주방의 전등을 모두 켰다. 출근길의 차들이 라이트를 켜고 물보라를 일으키며 아파트를 빠져나갔다. 그 세찬 빗속에 배낭을 메고 성당까지 갈 마음이 나지 않았다.

약속한 원고 마감일이 다가오고 있는데 전혀 진행을 못 시키고 있는 상황이었다. 책상 앞에 앉아 컴퓨터를 열고 녹음기의 재생 버튼을 눌렀다.

더 이상 살 의미가 없다고, 너무 힘들다고…… 인생을 왜 어떻게 살아야 하는 건지…… 그러던 어느 날…….

의뢰인의 목소리는 낮게 가라앉고 갈라지는 심

한 탁성이었다. 지옥에서 들려오는 소리 같대요. 처음 만난 자리에서 그녀는 큭큭큭 웃으며 말했다. 자해의 후유증이라고 했다.

그렇게 모든 일들은 '그러던 어느 날' 일어난다. 그러던 어느 날 남편의 사고 소식이 청천벽력으로 전해질 것이다. 의뢰인이 잠깐 호흡을 가다듬고 물을 한잔 따라 마시는 부분에서 나도 자리에서 일어나 주방으로 갔다. 네 번의 자살 기도 끝에 종교적 체험을 하면서 미혼모, 불우 청소년들의 어머니로 새로운 인생을 살아가게 되었다는 여성의 이야기였다. 인터뷰 자리에서 목이 메어 말을 잇지 못하던 그 장면을 떠올리며 나도 물을 한잔 마시고 찬장 속의 와인 병과 잔을 꺼내 들고 책상 앞에 앉았다.

'……불행은 혼자 오지 않는다는 말이 있는 것처럼……'

벌써 여러 번 되풀이해서 들은 이야기를 귓등으

로 흘리며 와인 병을 땄다. 기분이 우울하게 가라
앉고 이 모든 것들이, 산다는 것이 기만적으로 여
겨졌다. 줄기차게 내리는 비로 뿌옇게 김이 서린 창
밖을 멍하니 바라보다가 유리잔에 가득 술을 채웠
다. 온갖 역경과 불행과 인생에서 일어날 법한, 또
한 도저히 일어날 법하지 않은 일들의 종합 세트장
인 의뢰인들의 이야기를 들으면 놀람과 함께 때때
로 삶이라는 것의 그 진부함과 상투성에 호되게
얻어맞는 기분도 들었다. 인생이…… 인생이…….

의뢰인의 인생담은 그 불행의 정점을 향해 치달
리는 중이었다.

병의 삼분의 일쯤 마셨을 때 기분이란 날씨에
따라 달라지는 게 아니라면서 큰소리로 자신을 나
무라고 반병쯤 마시고는 어두운 건 네 마음이지
세상이 아니야, 라는 말이 내 말인지 녹음기에서
흘러나오는 의뢰인의 말인지 헷갈리는 대로 큰 깨
달음이라도 얻은 양 크게 고개를 주억거렸다. 한

모금 홀짝이다가 빗소리에 귀 기울이다가 이렇게 혼술하는 거 위험한 짓이지? 하며 또 한 모금.

인생이…… 얼마나 소중한 것인지…… 내 인생이…… 사랑이…… 깨달았지요…….

와인 한 병을 다 비우고는 취기로 인한 감상으로 목까지 치미는 울음을 누르고 세라비, 세라비, 웅얼거리며 침대에 기어들어갔다. 잠 속에서도 창에 들이치는 빗소리가 요란했다. 이렇게 든 잠이 밤까지 이어졌다. 심한 두통을 느끼며 깨어났을 때 창밖이 깜깜했다. 집 안은 아침에 켜놓은 전등불로 환했다. 술이 깰 무렵이면 늘 그렇듯 벌거벗은 듯한 추위와 수치심이 엄습했다. 숙취가 심했다. 싸구려 와인 탓이다. 부숙부숙 부어오른, 자기연민과 열패감에 찌든 우울한 얼굴에 따귀를 갈기듯 찬물을 끼얹으며 세수를 했다. 비는 그치고 별도 몇 점 떠 있었다. 얇은 바람막이 점퍼를 찾아 걸치고 집을 나왔다.

누런 고양이가 인적 없이 텅 빈 길을 가로질러 숲 속으로 사라졌다. 가로등이 밝아 그 뒤편의 어둠이 더욱 깊었다.

빗물에 씻긴 길은 깨끗했다. 두통이 사라지기를 기다리며 천천히 걸었다.

희미한 보안등이 밝혀진 건물 안쪽에서 위잉 전기 돌아가는 소리가 들려오고 어둠 속 산 위 송전탑의 붉은 등이 순차적으로 점멸을 반복했다. 고압선의 우웅우웅 우는 소리에 응답하듯 빈터의 우거진 수풀이 수런거렸다.

야적장 거치대에 나란히 줄 맞춰 걸린 하얀 안전모들이 풍화된 해골바가지처럼 보였다. 나는 두통으로 덜컹거리는 내 머리통을 두들기듯 안전모를 통통 두들기며 그 옆에 쓰인 안전 수칙을 큰소리로 읽었다.

"사고 방지 5가지 열쇠!!!"

"착각하지 말 것!"

"부주의하지 말 것!"

"지나친 의식을 가지지 말 것!"

"한 발 앞을 생각할 것!"

"움직이는 것에 주의할 것!"

꼭 나한테 하는 소리네, 피식피식 웃음이 나왔다.

환하게 불이 켜진 건물이 있었다. 길가에 면한 출입문이 활짝 열려 있어 안이 다 들여다보였다. 몹시 밝고 창백한 형광등 불빛 아래 붉은 반소매 셔츠를 입은 한 남자가 작업대에 놓인 널판에 사포질을 하고 있었다. 천장이 높고 실내는 몹시 넓었다. 가구 공장인 듯했다. 벽을 따라 이어진 선반에는 일정한 크기로 켠 널판들이 쌓여 있고 조립을 끝낸 서랍장, 탁자, 의자 들이 있었다. 사포질을 하면서 한 손에 전화기를 들고 통화를 하고 있는 남자는 출입문을 등지고 있어 얼굴은 보이지 않았다. 그의 말은 짧게 끊기는, 부리로 나무를 쪼아대는 듯 딱딱한 격음의 귀에 선 외국어였다. 큰소리로 떠들어대던 말이 갑자기 다정스런 속삭임으로 낮아지다가 돌연 와하하하 커다란 웃음으로 터져 높은 천장에 우렁우렁 울렸다.

구두는 여전히 신호가 바뀌기를 기다리는 양 횡단보도를 향해 나란히 두 발을 모으고 있었다.

나는 구두 안쪽에 고인 물을 쏟아버리고 신고 있던 운동화를 벗어 그 옆에 나란히 놓았다. 검게 젖은 아스팔트에 내 발이 희고 깨끗해 보였다. 맨발로 걸었다. 아직 남아 있는 취기 탓일까. 발이 땅에 닿지 않는 것 같았다. 오른손 손바닥을 쳐들고 둥실 떠오르려는 발을 내딛었다. 미끄러지듯 뒷걸음질쳐보기도 했다. 문워커 마이클 잭슨은 이렇게 우주의 어딘가 중력이 없는 다른 행성으로 가버렸다.

who will dance

on the floor in the round

　희미한 기억을 좇아 흥얼거리며 젖은 아스팔트에서 미끄러지고 내딛는 스탭을 흉내 내어 보았다. 붉은 셔츠 남자의 통화는 길었다. 멀리 두고 온 연인일까, 가족일까, 친구일까. 밤소리는 멀리 간다. 꽤 멀리 떨어져 있는데도 그 남자의 다정한 속삭임과, 아하하하 웃음소리가 토막 져 들려오며 내 노래에 섞여들었다. 살과 살이 스치는 듯한 미미한 온기와 체취, 들숨과 날숨에 섞여드는 낯선 입김을 느꼈다. 그와 나는 황량한 이 밤에 깨어 있는 단지 두 사람, 낯선 행성에 불시착한 오직 두 사람이다.

●

어느 날 그 구두는 그 주변에 쌓여가던 쓰레기와

함께 치워졌다. 나무 밑이 휑해졌다. ……그리고 '그'
에 대한 나의 글쓰기가 시작되었다.

•

뒤축 꺾어 신는 버릇에 대한 어머니의 과민성이 삼
촌에게서 비롯되었다는 것은 어머니가 말년에 토
로한 이야기에서 알았다. 그때까지 나는 내게 삼촌
이라는 존재가 있다는 것을 알지 못했다.

여러 자식 집을 전전하던 어머니가 마지막으로
머문 곳이 내 집이었다.

겨울로 접어들 무렵 어머니는 아버지의 장례식
에 사용했던 오래전의 영정 사진과 손때로 두툼하
게 부풀어 오른 신구약 합본 성경책, 흰 명주 천 보
자기에 싼 수의가 든 트렁크와 함께 남동생의 차를
타고 내 집에 살러 왔다. 어머니는 아버지가 세상
떠난 후 여러 자식 집을 옮겨 다니며 사는 동안 무

엇이 들었는지 알 수 없는 낡은 보따리처럼 되어버렸다. 그러나 필사적으로 끌어안고 있던 보따리를 막상 풀어보면 용도와 가치와 필요성이 그닥 없는 허섭스레기일 때도 많지 않은가. 어머니는 몸피도 목소리도 발소리도 조심스럽고 작아졌다. 내가 알고 있는, 알고 있다고 생각한 어머니에게서 낯설고 알 수 없는 면모를 발견할 때마다 당혹스러웠다. 그 낯섦과 알 수 없음이란, 어머니가 자신의 가장 깊은 곳에 만들어놓은 고독이라는 견고하고 비밀한 방으로, 삶의 모욕과 훼손에 대한 가냘픈 항거와 거절이었으며 자신을 지키기 위한 마지막 피란처였다는 데 생각이 미친 것은 어머니가 세상 떠나고 나서였다.

어머니는 자신이 기거하게 된 작은방의 침대 머리맡에 아버지의 사진을 세워놓았다. 새벽이면 성경을 읽고 자손들의 이름을 일일이 부르며 은총과 축복을 비는 긴 기도도 거르지 않았다. 어머니와의 생활은 단조롭고 평온했다. 부모의 집을 떠난 이래 오랜 독신 생활에서 잊었던 구체적 생활의 온기와 냄새가 다정한 위무로 느껴지기도 했다. 주방에서는 생선 굽는 냄새와 따뜻한 김이 서리고 베란다에 방치되어 죽어가던 식물들이 어머니의 손길로 싱싱하게 살아나 꽃을 피웠다. 어머니는 볕좋고 바람 맑은 날이면 수의를 베란다 빨래 건조대에 펼쳐 널어 거풍을 했다.

지지부진 오래 시간을 끌던 원고를 끝내고 나면 함께 가까운 마트에서 장을 보거나 식사 후 식탁을 떠나지 않고 어머니가 좋아하는 달고 진한 믹스커피를 마시며 이런저런 얘기로 시간을 보내기도 했다. 주로 부모와 우리 형제들이 한 가족으로 함께 지내던 시절의 이야기들이었는데 같은 일에 서로의 기억과 이해가 어긋나거나 감정의 온도차가 다른 경우가 많았지만 당연한 일이었다. 어머니는 일찍이 내가 속했었지만 해체된 지 오래인 원가

족의 희미한 잔영이고 잔해였다. 그러나 나를 잉태했을 때의 태몽이나 내가 태어나던 날의 혹독했던 추위, 아기 때의 버릇이나 작은 에피소드 등 어머니만이 알고 있을 이야기를 듣다 보면 어머니의 피가 엉겨 나의 근원이 되고 그 자궁 안에 깃들어 온전한 생명체가 되었다는 것, 어머니의 몸 속 좁고 어두운 산도를 단단히 움츠린 몸으로 빙글빙글 돌아 세상으로 나왔다는 것이, 어머니가 나의 첫 눈맞춤이고 첫말, 첫걸음을 지켜보고 함께한 처음세상이라는 것이, 일찍이 한 몸이었던 존재가 이제 늙은 여자, 늙어가는 여자로 마주 앉아 옛일을 이야기한다는 그러한 이치가 새삼 신비롭고 깊은 슬픔을 느끼게도 했다. 어머니가 세상을 떠났을 때 나는 어머니의 죽음으로 나의 어느 시절이 봉인되었음을, 세상을 향한 나의 모든 처음이 영원히 닫혀버렸음을 알았다. 어머니와 내가 남다르게 특별한 관계라고 생각하거나 그러하기를 원한 적은 없었다. 그러나 어머니가 앞서 힘겹게 통과한 그 모든 시간들을 나 또한 지나가고 있으며 겪어내야 한다고 생각하면 안도감이 들고 두려움이 가셨다. 다 견뎌낼 수 있으리라는 자신감도 생겼다.

기억은 힘이 세다. 더욱이 어머니에 대한 기억은 나의 늙어감과 더불어 더욱 견고해진다. 낡은 모자와 늙어가는 내 얼굴에서, 어떤 사소한 버릇에서 죽은 어머니는 나를 장악한다. 내가 죽으면 그 뼈처럼 단단한 기억도 고독도 비로소 죽을 것이다. 깃들었던 모든 것들이 숙주와 더불어 불꽃에 삼켜질 것이다. 완전한 불가역의 신비로 완성될 것이었다.

•

어느 날 관리사무실에서 연락이 왔다. 주민들의 민원이 들어왔다는 것이다. 내 집 앞을 지나가다가 2

층 베란다 빨래 건조대에 누렇게 널어놓은 삼베옷을 가리키며 저것이 무엇이냐고 묻는 아이들에게 누군가 죽은 사람에게 입히는 옷, 수의라고 가르쳐주었고 그 말을 들은 아이들은 내 집 앞을 지나다니지 못하고 심지어 놀라 경기를 일으키고 악몽까지 꾼다고 했다. 그 아이들의 젊은 부모들도 무섭고 흉물스러우니 밖에서 보이게끔 베란다에 너는 일을 삼가 달라고 강력히 항의를 했다는 것이다. 그렇게 해서 겉옷과 속옷, 이불과 손발톱주머니까지 갖춘 수의 일습은 다시 명주 보자기 속에 들어갔다. 격식과 순서를 갖춰 수의를 개키고 갈무리하는 어머니의 정성스러운 손길을 지켜보면서 내 집에서의 평화로운 종생이 어머니의 간절하고 절박한 희망이구나, 이곳이 당신 생의 종착지이기를 바라는구나, 하는 확신에 마음이 무겁고 막막해졌다. 마침내 당신의 마지막 자리를 찾았다는 안도감과 그럴 수 없을 거라는 불안감이 일상의 순간순간 수시로 교차하며 엄습하리라는, 그것이 예측할 수 없는 나의 기분과 감정 태도와 무관하지 않으리라는 추측으로 착잡해졌다.

•

봉안 의식이 끝났나 보다. 출입문 앞에 선 신부님과 루드비꼬 씨가 건물을 빠져나오는 사람들과 일일이 악수를 나누고 있었다.

화장실을 다녀오는 사이 마당이 휑해졌다. 사람들을 태운 차들이 언덕길을 내려가는 것을 잠시 지켜보던 신부님과 루드비꼬 씨가 건물 안으로 들어갔다.

방의 출입문을 닫았는데도 어디선가 스며든 향내가 맡아졌다. 봉안 미사 분향의 여운이다. 한 존재가, 한 생애가, 육신과 사유와 모든 생명 활동이 한 줌의 고운 재, 회백색의 물질로 변화하는 그 엄연함에 그 어떤 삶의 환상이 끼어들 여지가 있겠는가.

얇은 햄 한 조각이 든 차가운 샌드위치를 먹고 보온병에서 보리차를 따라 마신다. 물은 아직 뜨거웠다.

•

나는 늦게 자고 늦게 일어나는 야행성으로, 대체로 아침은 안 먹는 습관이니 각자 평소의 습관과 리듬대로 살 것, 내 방에 있는 것은 종잇조각 하나도 치우지 말고 그대로 둘 것. 나의 제안에 어머니는 그래그래, 했다. 넌 글 쓰는 사람이니 얼마든지 이해한다는 표정이었다. 그러면서도 아침이면 밥을 지어 식탁을 차려놓고 내가 일어나기를 기다렸다.

어머니가 오고 얼마 지나지 않았을 때의 일로, 인근 마트 엘리베이터 안에서 마주친 위층의 젊은 여자가 반색을 하며 말을 걸어왔다. 연년생의 어린 아이를 둔 집으로 충간 소음 때문에 언짢은 말을 주고받은 적이 있어 서먹한 사이였는데 뜻밖이었다. 어머, 소설가시라면서요. 전혀 몰랐어요. 그래서 그렇게 예민하셨구나. 무슨 책을 쓰셨어요? 좀 빌려주세요. 애매한 웃음으로 어물쩍 넘기기는 했으나 그 후로 그녀는 내게 기피 인물이 되었다.

어머니는 책장에서 내가 쓴 책을 찾아 읽기도 했다. 나는 어머니와 내가 작가와 독자로 만나게 되는 것을 결코 원하지 않았다. 우리 피난 시절 얘기를 썼더구나. 우리 얘기 그대로여서 다 잊어버렸던 옛날 일이 새록새록 생각나더라. 이런 말 하긴 뭐하지만, 네 소설 속에서 내가 술집 작부를 했다고 나오던데 소설은 꾸며낸 얘기라지만 남들이 정말 그렇게 알까 봐 괜한 걱정이 들기도 하네. 우리가 거기서 피난살이한 것은 사실이고 내가 육남매 자식을 둔 것도 사실이잖니? 그리고 우리가 삼팔선 넘어온 월남민이라는 건 굳이 안 밝혀도 좋지 않았겠니? 나는 화끈 달아오르며 굳어지는 얼굴에 억지로 웃음을 지으며 대답했다. 그걸 뭐하러 보세요. 눈도 어두우시면서. 그건 그냥 소설이에요. 소설을 읽으면서 그것이 실제 작가의 이야기라고 생각하는 사람은 없어요. 그리고 제 소설 찾아 읽는 사람도 없다구요.

언제부터인가 나의 동선을 따라 움직이는 어머니의 시선이 불편하게 의식되었다. 문을 닫고 들어앉아도 소리 죽인 발걸음과 이켠을 지켜보고 있는 눈길이 느껴졌다.

내가 견디기 힘들었던 것은 어머니거나 어머니와의 동거가 아니라 바로 나 자신이었을 것이다.

그 무렵 폐경기에 접어들던 나는 소설 쓰기 또한 폐경의 과정처럼 끊어질 듯 말듯 이어지며 지리멸렬했다. 등단 이후 긴 간격을 두고 세 권의 책을 내면서 간신히 작가로서의 명맥을 이어가기는 했으나 그나마도 점차 힘들어졌다. 불안을 이기고 날 카로워지는 신경을 달래기 위해 술을 마시고 잠자리에서 몇 자씩 끼적거리는 것이 쓰기의 다였다. 삶의 크고 작은 장벽이나 암초를 지나며 저항력이 약화되고 동력을 잃는 것이 마치 태풍의 소멸 과정과 같이 자연스러운 일일 수도 있다. 주목 받지 못하는 작가로서 살아온 오랜 시간을 돌아보며 쓰기에의 욕망이 누추하고 비루하게 생각될 때도 있었다. 그러나 글쓰기가, 내 존재가 어딘가로 추락하거나 튕겨져 나가려는 것을 막아주었다는 것을 부인할 수는 없었다. 글쓰기란 내게 안전한 착지를 약속하는 일종의 중력 같은 것이었다.

병고로 고생하다가 세상을 떠난 원로 작가의 조문을 다녀온 날이었다. 임종의 순간까지 머리맡에 종이와 볼펜을 놓고 있었다는 작가가 떨리는 손으로 간신히 썼다는 마지막 글은 '인생아, 네가 도대체 무엇이냐'였다는 것이 문상객들 사이의 화제가 되었다. 그날은 내가 처음으로 대필 작가로서의 발을 내딛은 날이기도 했다. 조문을 마치고 나와, 빈소에 들어가기 전 떼어 핸드백에 넣었던 붉은 장미 코르사주를 다시 검은 원피스 가슴팍에 달고 의뢰인을 만났다. 그는 말했다. 어떤 역경이라도 이겨낼 길이 있다는 것을 제 인생으로써 보여주며 절망에 빠진 사람들에게 용기를 주고 싶습니다. 과장되거나 미화시키기를 바라진 않습니다. 작가 선생께서 제가 되어 진솔하게 써주십시오.

소년공으로 시작한 그가 일군 철강업체의 역사와 그의 활동상이 기록된 두꺼운 자료집 그리고 반세기 가까이 하루도 빠짐없이 써왔다는 일기 사본 등을 받아들고 오는 마음은 착잡했으나 일종의 해방감 같은 것도 있었다. 간신히 매달려 있던 손을 탁 놓아버린 자기포기, 헛된 희망과 욕망으로부터의 해방감일 것이다.

심플하게, 정직하게 살자. 누구나 자신의 노동을

팔아 살아가는 것이다. 술을 마시면 그런 호기가 생겼다.

다음 날 외출했다가 돌아오니 언제나 메모 쪽지와 널린 책들로 어지럽던 방이 깨끗이 치워져 있었다. 어젯밤, 잠자리에서 떠오르는 단상을 끼적거린 것이 생각났다. 뭐였지? 뭐였지? 획 지나간 생각이나 어떤 이미지들이 단초가 되어 한 편의 소설이 시작되고 동력으로 작용하는 경우가 더러 있지 않았던가. 항상 그러한 기대가 있지 않았던가. 책상 서랍을 열어보고 책상 밑을 들여다보았다. 먼지와 거미줄과 머리카락이 뭉쳐 쌓인 책장 뒤를 살폈다. 본 곳을 다시 보고 찾는 손길이 점점 거칠어졌다. 깨끗이 비어 있는 휴지통을 다시 들여다보고 침대 매트리스까지 뒤집어보았다.

방이 어질러져 있어서 청소를 했는데…… 다른 거 손댄 건 없고 방바닥에 굴러다니는 종이랑 먼지만 치웠는데, 내가 괜한 짓을 했구나. 그렇게 중요한 거니? 방에 들어와 주섬주섬 같이 찾는 시늉을 하며 어머니가 말했다. 나는 얼굴을 감싸 쥐고 털썩 주저앉았다. 앞으론 종이쪽지 하나 손대지 마세요. 그러지 마시라고 제가 진즉에 말씀드렸잖아요. 정말 중요한 거구나. 왜 안 그렇겠니. 넌 글 쓰는 사람인데. 제발 그런 소리 말라구요. 그런 소리, 손발이 오그라든다구요. 얼굴이 붉게 달아오르고 목소리에 비명처럼 날카로운 쇳날이 섰다.

어머니의 얼굴이 참담하게 일그러졌다. 머리칼을 쥐어뜯을 듯 두 손으로 머리통을 감싸고 있는 나를 멍하니 바라보던 어머니가 조용히 방에서 나갔다. 뭔가 돌이킬 수 없는 상황이 되었다는 것을 알았지만 나는 대책 없는 나의 분노를 잠재우기 위해 으레 그래야 할 것처럼 독주를 한잔 마시고 잠이 들었다. 깨었을 때 빈 거실의 불이 환했다. 자정이 넘은 시각이었다. 서늘한 바람기가 느껴졌다. 베란다 창문이 열려 있었다. 창문을 닫다가 바로 아파트 앞 좁은 통행로 건너 쓰레기장에서 쓰레기봉지들을 헤집는 어머니를 보았다. 일요일이어서 수거해 가지 않은 봉지들이 쓰레기장 지붕 높이까지 쌓여 있었다. 어머니는 그것들을 하나씩 끌어내려 아구리를 열어 헤집고 꺼낸 구겨진 종이쪽지들을 펴 쓰레기장의 불빛에 비춰보는 등 일련의 동작들을 반복적으로 하고 있었다. 언제부터 시작한 일인지 몰랐다. 나는 꼼짝 않고 그것을 지켜보았다. 봉지 하나를 빼내면 쌓여 있는 쓰레기봉지들이 우르르 쏟아져 내리고 어머니는 그것을 다시 올리느라 쩔쩔매고 있었다. 올려놓으면 굴러 떨어지고 올려놓으면 굴러 떨어지는, 밤 내내 계속한다 해도 끝이 안 날 일이었다. 마침내 체념한 듯 어머니가 힘겹게 일어났다. 빈손이었다. 역광으로 얼굴이 검게 그늘졌다. 어머니는 고개를 들어 내 집 베란다 창을 올려다보았다. 나도 모르게 멈칫 몸을 비켰다. 어느 순간 눈이 마주쳤던가. 아닐 것이다. 어머니가 허리를 두드리며 느릿느릿 아파트 출입문을 향해 걸어오는 것을 보면서 내 방으로 들어왔다.

얼마 후 현관문 열리는 소리에 이어 소리 죽인 발소리가 거실을 지나 어머니의 방으로 사라졌다.

이태를 채 채우지 못하고 어머니는 내 집을 떠났다. 올 때와 똑같이 아버지의 영정 사진, 신구약 합본 성경책과 수의 보따리가 든 트렁크와 함께 노인 시설로 들어갔다.

남동생이 운전하는 구형 소나타는 연식이 오래되어 엔진 소리가 요란하고 승차감이 나빴다. 비포장도로를 덜컹거리며 산길을 한없이 굽이 돌아갔다. 옛날 같으면 호랑이가 나올 데로구나, 그 말 한마디뿐 어머니는 획획 지나치는 차창 밖으로 눈길을 돌린 채 침묵을 지켰다.

어머니가 내 집을 떠나고 한참 지난 뒤 나는 청소를 하다가 그 메모를 찾았다. 어찌된 것인지 의자 방석 밑에 깔려 있었다. 온 방 안을 샅샅이 뒤집었는데도 왜 그것을 발견하지 못했을까. 알 수 없는 일이었다. 노트에서 죽 찢어낸 종이에는, '인생아 네가 도대체 무엇이냐' 그날 들었던, 원로 작가의 종언의 글귀 아래 '우리의 삶은 우주가 꾸는 크나큰 꿈속의 아주 작은 꿈일 뿐'이라는 장자의 한 구절을 대구로 달고 있었다. 알아보기 힘들 정도로 마구 흘려 쓴 그 글은, 취중의 췌사贅辭라 해도 이상하지 않을 것이었다.

•

나는 한 달에 한 번이나 두 번 어머니를 보러 갔다. 시외버스를 타고 가서 읍의 터미널에서 내려 또 두 시간 간격으로 오는 버스를 기다려 타거나 한 시간 남짓 외진 길을 걸어야 했다. 터미널 부근의 찻집에서 차를 마시며 시간을 끌거나 시설 건물의 붉은 지붕이 보이는 산굽이 길에 한참을 앉았다가 일어나 심호흡을 하고 걸어가곤 했다.

건물은 햇볕이 오래 머무는 남향이었지만 늘 어둑신하게 그늘진 느낌을 주었다. 보행기를 끌거나 지팡이를 짚고 느릿느릿 걷는 사람들의 무표정과 침묵 그리고 공기 중에 무겁게 배어 있는 노인들의 체취 때문이기도 할 것이었다.

어머니는 점차 몸은 쇠해졌으나 정신은 비교적 맑은 편이었는데 세상 떠나기 몇 달 전부터 섬망이 왔다.

어머니의 방에는 개인 전화가 설치되어 있었다. 하루에도 여러 차례, 한밤중이든 새벽이든 가리지 않고 전화가 걸려왔다. 수화기를 들면 겁에 질려 한껏 낮춘 목소리가 쏟아졌다.

"기환이가 왔어. 지금 문 뒤에 숨어 있어. 내가 여기 있는 걸 어떻게 알았을까?"

"누구 말씀이세요?"

"네 막내 삼촌 말이다. 여전히 신발을 질질 끌면

서 찾아왔어. 세 살 버릇 여든까지 간다더니 뒤축 꺾어 신는 버릇을 여태도 못 고쳤더라."

섬망 속에서 죽은 이와 산 이가, 이승과 저승이, 어제와 오늘의 경계가 사라지고 마구 뒤섞인다. 기환이가 불러, 기환이가 왔어. 스물넷이거나 스물다섯 살, 젊디젊은 그는 비렁뱅이와 다름없는 추레한 몰골로 뒤축 꺾어 신은 신을 질질 끌며 밤마다 어머니를 찾아와 셈을 하자고 한다. 이건 아무도 알아서는 안 되는 얘긴데 너는 글 쓰는 사람이니. 어머니는 그런 단서를 달고 이야기를 시작한다. 어머니의 섬망 속에 찾아온 그는 문을 막고 서서 말한다.

'몹쓸 병에 걸려 부모에게 불효하고 형제를 괴롭히고 버러지처럼 살다가 죽었소. 춥고 배고프고 목마르오. 불쌍한 비렁뱅이 귀신이 되어 구천을 떠돈다오. 형수님, 이제 우리 어머니 금비녀를 돌려주시오. 어머니가 내 목숨 값으로 뽑아준 거요.'

'도련님 내가 잘못했소. 내 더운밥 지어 한상 잘

차리고 솜 두둑이 두어 비단옷 한 벌 지어 드릴 테니 배부르게 잘 자시고 뜨뜻하게 입고 그만 좋은 세상으로 가시오.'

어머니는 울면서 빌고 달래어 그를 보낸다. 그러다가 보름달이 떴네. 밝기도 하여라. 계수나무 아래 토끼 한 마리 떡방아를 찧고 있네. 어젯밤에 네 아버지가 창문을 타넘어 들어오더구나. 날더러 한자리 하자고 졸라대더라. 그런 거 다 잊어버렸다고, 망측하다고 뿌리치면서도 나도 모르게 아랫도리가 부듯해지지 뭐냐. 평소의 어머니라면 절대로 딸에게 하지 못할 소리도 했다. 어머니의 이야기는 시공간으로 종잡을 수 없이 흩어졌다.

아기가 울어. 누가 아기를 데리고 왔나 봐. 사람들이 모두 방문을 열고 가만히 귀 기울이고 있네. 하도 오랜만에 어린애 우는 소리를 들으니 반갑고 신기해서 그래. 우리가 아직 산 사람 세상에 있구나 하고. 아기가 배가 고픈 게야. 아니, 잠자리가 바뀌어서 잠투정을 하는 건가. 에미는 뭘 하느라 저렇게 아기를 울리나. 얼른 젖을 물리거나 업고 나가 바깥바람 쐬면 될 것을.

길고 음산한 복도를 사이에 두고 양켠으로 칸칸이 들어앉은 방들의 문이 열리고 어둠속에서 들려오는 아기의 울음소리에 귀를 한껏 모으고 있는 뿌연 눈길들을 떠올리면 무서웠다.

내가 서너 살이나 되었을까 할 때 머슴 등에 업혀 큰 개울을 건너는데 그 물에 노랗고 빨간 나뭇잎들이 떨어져 개울물 따라 흘러가더구나. 맑은 물에 뜬 그 빛깔들이 얼마나 곱고 예쁘던지 그냥 안타까워 하염없이 바라보았지. 내가 새빨간 단풍잎 하나만 건져 달라고 했는데 머슴은 알아듣지 못하고, 애기씨 이제 다 왔습니다요. 조금만 가면 돼요 하면서 성큼성큼 개울을 건너버리더라. 나는 그냥 안타깝고 슬퍼서 자꾸 뒤를 돌아보았지. 어디로 가는 길이었을까? 겨울밤에는 새끼줄로 길게 엮어 담벽락에 걸어놓은 시래기 타래가 시르르시르르, 바람에 쏠리는 소리가 그렇게 무서웠어. 귀를 막고 이불 속으로 기어들어가도 들려. 자꾸 누가 부르는 소리 같고 자기들끼리 무언가 이야기하는 소리 같았어.

시공간을 넘나들며 두서없이 흩어지는 어머니의 이야기에 계통을 세워보자면, 삼촌은 아버지와 나이차이 많이 나는 동생이다. 집 나가 떠돌던 할아버지가 수삼 년 만에 돌아와 꿈결처럼 생겨난 늦둥이인 것이다. 때문에 할머니의 치마폭에서 유약하기 짝이 없는 응석받이로 자랐다. 어릴 때 나무에서 떨어진 적이 있는데 그 뒤로 놀람병이 생겼는지 걸핏하면 경기를 일으켜 도립병원을 제집 드나들듯 했고 소경을 불러 경을 읽기도 여러 번이었다. 일제 말기 대동아전쟁 때 징집 당했는데 할머니가 천 사람에게 머리 조아려 받은 천 땀의 바느질로 '무사귀환'이라 누빈 흰 복대를 두르고 전장에 나갔다. 사이판섬 상륙을 눈앞에 두고 어뢰를 맞아 군함이 침몰되고 그곳에서 수백 명의 병사들이 몰살당했는데 그는 생존자 단 두 사람 중의 한 명으로 살아 돌아왔다. 귀환한 후 아편 중독자가 되었고 비극적 죽음을 맞았으리라는 것이었다. 생존해 있다면 아마도 아흔 줄에 접어들었을 터이나 어머니가 전해준 당시의 상황으로 보아 생존은 무망한 일이다.

"맹장 수술을 받았는데 배가 아프다고 데굴데굴 구르니 병원 조수가 아편을 놓아주었지. 사지에서 살아남은 영웅이라고 신문에도 났더랬는데, 그깟 배 아픈 것 하나 못 참아 아편쟁이가 되어버렸어. 우리가 떠나고 나서 곧 죽었을 것이다. 그때 벌써 아편쟁이들 잡아들인다는 소문이 파다했거든. 토지개혁이 있고 밥술이나 먹던 사람들이 살 수 있는 세상이 아니었어. 바닷길로 삼팔선을 넘기로 했지. 네 삼촌은 아편굴에 들어가면 열흘도 좋고 보름도 좋지. 약 살 돈 떨어지면 비렁뱅이 몰골로 기신기신 기어들어와 벽시계 은수저 따위 돈 바꿀 것이면 무엇이든 들고 나갔어. 그 무렵 이미 막내 아들로 인해 속병이 깊이 들어 있던 할머니는 화가 끓어오르면 닷새고 열흘이고 음식을 넘기지 못했어. 어느 날 할머니는 제 에미 머리채까지 잡으랴 하며, 숨겨두었던 마지막 패물인 금비녀를 꽂으시더라. 세상 뜨기 하루 전 미음을 끓여 들어간 내게 일으켜달라고 하시더니 이불더미를 괴고 간신히 벼텨 앉아 비녀를 뽑았어. 히끗하지만 숱이 좋은 머리 타래가 주르르 풀려 가슴팍으로 내려오는데 왠지 뱀을 본 듯 섬뜩해지더라. 할머니는 내 손을 끌어당겨 손안에 닷돈 금비녀를 쥐어주고는 쥔 손을 놓지 않더구나. 벌겋게 달군 쇠줄이 감아 조이는 것같이 뜨겁고 아팠어. 죽어가는 사람의 힘이 그렇게 무서웠어. 우리가 월남할 작정임을 알아챈 것 같았어. 내가 가진 게 이것뿐이구나. 내 마지막

부탁이다. 기환이 데리고 가거라. 아편장이들 다 끌어내 죽인다더라. 그리곤 손을 탁 풀더라.

할머니 장사 치르고 닷돈 금비녀로 배를 빌리고 삼팔선을 넘겨줄 사공도 샀지. 그리고 남의 눈을 피해 몰래몰래 짐을 쌌어. 떠나기 전날 삼촌이 집에 들어왔어. 어머니 돌아갔다는 소문을 들었는지 또 뭔가 들고 나가려고 왔는지 모르지. 뭔가 낌새가 이상했는지 덥석 내 손을 잡고, 형수님 내 손 놓지 마시오, 아편 끊고 새사람이 되겠소, 날 이남으로 데려가주시오, 나 혼자 두고 가지 마시오, 부모가 다 돌아가 내겐 천지간에 형님과 형수님뿐이요, 하는데 눈에서 불이 번쩍번쩍 이는 것 같더라. 몹시 허기져 보이기에 부랴부랴 요깃거리를 만들어 부엌에서 나와보니 그 사이에 어디로 갔는지 사라져버렸어. 간 다음에 보니 안방 장롱 속에 남겨두었던 할머니 담비털 배자가 안 보이더구나. 그 다음 날 우리가 떠났으니 그게 네 삼촌을 본 마지막이었지."

인터뷰 녹취를 풀듯 십 년 전의 기억을 더듬어 어머니의 말을 옮겨보지만 이것이 과연 어머니의 육성인지 나의 머릿속 재구성인지 혼란스러웠다.

•

트럭이 나무를 눕혀 싣고 언덕길을 올라온다. 흙으로 둥글게 싸고 새끼줄로 동여맨 커다란 뿌리가 짐칸에 실리고 미처 실리지 못한 가지들은 트럭 턱에 허리를 걸친 품새로, 풀어헤친 머리채처럼 무성한 잎들이 땅바닥을 쓸며 올라간다. 작업복으로 갈아입고 마당에 나와 있던 신부님과 루드비꼬 씨가 운전자와 함께 나무를 내려 구덩이 옆에 놓는다. 그들은 나무를 둘러싸고 담배를 피우고, 생수병을 들어 물을 마신다. 무언가 이야기를 나누며 발로 뿌리를 툭툭 차보기도 한다.

운전자가 트럭에 올라타 언덕길을 내려가고 신부님과 루드비꼬 씨가 나무를 세워 맞잡아 파놓은 구덩이에 넣는다. 잎이 붉은 단풍나무다. 기우뚱한 나무를 바로 세우고 파낸 흙을 삽으로 구덩이에 밀어 넣는다.

그 정경을 바라보면서 나는 나무 위에 올라간 어린 삼촌을 생각한다. 내 글 속에서, 그는 지금 나무에서 떨어지고 있는 중이다. 어서 꿈에서 깨어야지, 소리가 되어 나오지 못하는 비명을 지르며 허공에 떠 있는 그로부터 한 뼘만치의 공백을 두고 천천히 자판을 누른다.

……여러 날 비어 있어 싸늘한 냉기가 감도는 그의 방에 군불을 넉넉히 넣어놓고 두툼하게 솜을 두어 지은 바지저고리 한 벌 반닫이에 넣어놓았다. 갓 지은 밥과 국, 구운 생선으로 상을 차려 상보를 덮어 윗목에 놓았다. 그가 돌아와 이 밥을 먹고 이 옷을

입게 될지는 모를 일이었다······.

그런가 하면 어머니는 삼촌이 남쪽으로 가는 뱃길 루트인 외진 갯가까지 뒤쫓아 왔다고도 했다. 어떻게 알았는지 그 밤중에 거기까지 왔더라. 배가 막 떠나려는데 형님, 형수님, 날 데려가오, 부르는 소리가 들리더라. 그믐밤이라 캄캄해서 아무것도 보이지 않는데 계속 어디선가 부르는 소리가 들려. 헛들은 거라고, 파도 소리거나 바람 소리일 거라고 생각하면서도 너무 무섭고 떨려 빨리 떠나자고 사공을 채근했지. 그 부르던 소리가 평생을 따라다니더구나. 지금도 들려.

그것은 어머니의 상상일 수도 있었다. 아편굴에서 극락세상을 노닐고 있을 삼촌이 동시에 갯가에 나와 어머니를 부른다는 그런 평행이동은 어머니의 섬망 속에서나 가능할 것이다.

어머니의 섬망과 나의 가난하고 누추한 욕망이

뒤섞여 만들어내는 이야기 속에 한 아이가 있다. 그 아이는 어느 여름날 미루나무 높은 가지에서 떨어졌다. 그 아이는 자라 청년이 되어 전장에 나갔고 살아 돌아와 아편 중독자로 생을 마감했다. 그리고 한 여자가 있다. 그 여자의 기억의 방에는 머슴의 등에 업혀 개울을 건너며 맑은 물에 흘러가는 빛깔 고운 단풍잎들을 하염없이 바라보던 그리고 바람 부는 겨울밤, 담벽에 매달아놓은 시래기 다발들이 저들끼리 몸 비비며 쓸리는 소리에 누가 부르나, 가만히 귀를 기울이던 작은 여자아이가 살고 있다.

또 한 여자가 있다. 그 여자는 어머니의 유품인 모자를…… 잃어버렸다.

너는 글 쓰는 사람이니. 그 여자의 어머니는 이야기의 서두에 그런 단서를 달면서, 평생을 두고 떨쳐버릴 수 없는 기억을 풀어놓았다. 그 여자의 어머니에게 '글 쓰는' 사람이란 어떤 의미였을까. 또

한 그 여자에게 '글 쓰는' 일은 무엇이었을까. 그러나 잠자리에 들 때마다 천장이 가슴으로 내려앉는 것 같은 막막함과 불안도 이미 오래전 일이다. 잠들기 위해 그리고 얇은 셀로판지처럼 때 없이 파르르 떨리는 마음을 진정시키기 위해 마시는 독한 술과 깊은 밤의 정처 없는 배회, 신의 영약이라는 프로작도 끊었다. 조용한 수락과 자족의 세상은 원근법도 입체감도 생략된 안전하고 평면적인 그림이다. 그리고 아득한 눈길이 가닿는 굽이진 길의 끝에 입 벌리고 있는, 그 모든 마침내. 그러면서도 그 여자는 어수선한 꿈을 꾸고 꿈속에서 자주 길을 잃고 무엇인지 모를 것들을 잃고 또 그것을 찾아 헤매인다.

•

보온병의 남아 있는 물을 마신다. 뜨거웠던 물은

미지근하게 식어 있다. 먼 산에 젖은 듯 짙은 빛으로 그늘이 드리워진다. 해 있을 동안의 수고로움도 환각도 일몰과 더불어 물러갈 것이다. 노트북과 책을 배낭에 넣고 방을 나온다.

햇빛이 아직 머물러 있는 성당의 마당에 단풍나무 한 그루 서 있다. 그 나무로 인해 풍경은 조금 낯설게 보인다. 네 개의 굵은 장대를 지주대로 하여 세워놓았으나 옮겨 심은 나무는 불안하다. 햇빛은 우듬지에 밝게 머물러 이파리들이 투명한 붉은 빛으로 찬란하나 칭얼칭얼 가늘게 얽힌 실뿌리들은 필사적으로 땅속 물길을 향해 뻗어가고 있을 것이다. 단풍잎의 타오르는 붉음으로, 아직 황혼이 오기 전 하늘은 한층 파랗고 땅빛은 한없이 검고 깊다. 나무는 연년이 자라 굵어지고 자라남이 두려운 아이들은 나무 위로 올라가 무성한 이파리 속에 몸을 숨길 것이다.

·

넘어가는 햇살에 눈이 부시다. 손차양을 만들어 해를 가리며 잃어버린 모자를 생각한다. 어둡고 냄새나는 유실물 보관소에 보관 중이거나 쓰레기더미에 묻혀버렸거나 소각장에서 태워졌거나 어쩌면 바람 타고 가볍게 날아올라 나뭇가지에 살풋 얹혀 비와 바람과 햇볕에 저절로 바래고 삭아가는 중인지도 모르겠다.

건물 안에서 양동이를 든 루드비꼬 씨가 나온다. 자매님, 이제 가세요? 언덕에 서 있는 내게 인사를 한다. 그는 나무 주변에 양동이의 물을 붓고 지주대를 흔들어본다. 나무가 제대로 섰는지 가늠하려는 듯 서너 걸음 떨어져서 바라본다. 햇살에 눈이 부신지 찡그린 표정이다. 목에 건 수건으로 얼굴을 닦는다. 왠지 눈물을 닦는 것처럼 보이기도 한다.

언덕길에는 아마도 트럭에 실려 올 때 땅에 함부로 쓸리며 떨어졌을 나뭇잎들이 즈른히 깔려 있다. 낮은 비탈을 따라 깔려 있는 나뭇잎들은 저물면서 불기 시작하는 바람에 흐르는 듯 보이기도 했다. 더러는 차바퀴에 갈려 찢어지고 뭉개진 채로 점점이 뿌려진 붉은 나뭇잎들을 밟지 않으려고 조심스레 발을 내딛으며 언덕길을 내려온다.

삶 너머로부터 오는 시선들

서영채 (문학평론가, 서울대학교 아시아언어문명학부 교수)

1. 오정희의 신작 소설집

이 책에는 작가 오정희의 신작 소설 세 편이 실려
있다. 「봄날의 이야기」와 「보배」, 「나무 심는 날」은
이제 3년이 지나면 등단 60년이 되는 작가의 작품
들이다. 살아 있는 소설사의 현장이라고나 해야
할까. 이 작품들은 등단 갑년을 앞둔 작가의 신작
이라는 사실만으로도 묵직한 울림을 준다.

게다가 책의 저자가 오정희다. 오랜 시간 동안 오

정희는, 서사로 환원되지 않는 소설의 고유성을 대표하는 상징적 고유명사로 자리 잡고 있었다. 치밀하게 직조된 문장과 섬세한 디테일, 인간의 내면을 낚아채는 날선 감수성이 어우러지는 가운데, 예술성을 향한 서사의 단호한 결의를 확인시켜주었던 것이 오정희의 소설 세계였던 까닭이다. 그런 작가의 새로운 작품 셋이 독자 앞에 주어져 있다. 오정희는 과작으로도 이름 높은 작가이기도 하다. 이 책을 받아든 독자라면 누구라도 설레지 않을 수 없겠다.

2. 봄날, 치밀어 오르는 울음

오정희의 신작 속에서 가장 먼저 확인하게 되는 것은 미메시스의 장인에게 축적된 연륜의 특이성이다. 물론 여기에서 연륜이라는 단어를 꺼내는 것은 불필요해 보인다. 누구에게든 시간이 자취 없이 흐를 수는 없는 것이거니와, 오정희 급의 장인에게라면 더 말할 나위가 없다. 그럼에도 췌사에 가까운 이런 말을 꺼내는 것은, 연륜이 미메시스와 만나 만들어낸 특이성 때문이다. 그것은 단순히, 상상력으로 이야기를 만드는 기술의 탁월성이라거나 혹은 삶을 재현하는 기술의 뛰어남에 그치는 것이 아니기 때문이다. 여기에서 문제적인 것은 그 재현의 기술이 하필 인간의 삶 그 자체를 대상으로 한다는 점이다. 인간의 삶이 개입해버리면 연륜이건 기술이건 단순할 수가 없다는 것이다.

사람의 삶을 제대로 재현해내기 위해 반드시 요구되는 것은 무엇일까. 삶을 하나의 전체로 포착해내는 것이 그 중요한 자질 중 하나이겠다. 그것을 위해 필요한 것은 삶의 외부에서 혹은 삶 너머에서 다가오는 시선이라고 해야 하지 않을까. 바깥으로 나가야 전체를 볼 수 있는 까닭이다. 그런데 삶의 외부나 너머라면 곧 죽음을 뜻하는가. 살아 있는 몸이 죽음의 자리에 갈 수는 없으니, 죽음의 자리에 삽입된 삶의 시선이라고 해야 정확한 말이 되겠다. 그것을 죽음의 시선이라 부를 수 있으되, 중음신이나 지박령의 시선 혹은 그저 허공 어딘가에서 우리를 내려다본다고 우리가 생각하곤 하는, 신의 시선이라고 해도 마찬가지 말이 된다.

노련한 미메시스의 장인이 되는 일이란 세상에 있는 어떤 존재에게도 자기 몸을 내줄 수 있는 힘을 지니게 되는 것을 뜻하는 것이겠다. 겉모습만 흉내 내는 것이 아니라 몸 깊은 곳에서 울려오는 소리에 감응하려면 제대로 빙의될 수 있어야 한다. 불가능한 죽음의 시선을 지니게 되는 일이란 그 어려운 일 중에서도 으뜸가는 것이라 해야 하겠다. 물론 죽음이란 우리들의 삶 곳곳에 마블링되어 있는 것이지만, 그것을 의식하고 그 시선에 동화되며 또한 그 시선으로 삶을 재현해내는 일이란 전혀 다른 차원의 일이다. 표제작 「봄날의 이야기」에는 다음과 같은 특이한 장면이 있다.

털 뭉치처럼 소복소복한 새끼들이 밥을 먹는 해피의 꼬리를 물고 논다. 꽃그늘 사이로 어룽어룽 비쳐드는 밝은 햇살이 그들 주위에 울타리를 만들어주고 있었다. 그 빛의 울타리가 너무 눈이 부시어 다가갈 수 없었다. 해피에게는 내가 보이지 않는 모양이었다. 가늘게 뜬 눈이 줄곧 새끼들에게 향해 있다. 바람이 휘익 불 때마다 꽃잎이 후르르후르르 떨어져 내렸다. 해피의 머리에도, 질척한 땅에도 밥그릇에도 떨어졌다. 바람에 불리는 꽃잎을 강아지들이 쫓아 뛰기도 했다. 햇빛과 바람과 분분히 날리는 흰 꽃잎의 평화가, 그 안에서 노니는 그들이 다만 무심하고 무심할 뿐인데 나는 자꾸 울음이 치미는 듯 목이 메었다. (25-26쪽)

이 장면에서 새끼들과 함께 있는 해피는 늙은 개

이고, 이 소설의 일인칭 화자인 '나'는 아직 새끼를 가져보지 못한 암컷 백구다. 게다가 '나'는 떠돌이 개로 홀로 살아가는 처지라 이름도 없다. 개가 일인칭 화자이자 주인공으로 등장하니 당연히 소설은 우화적인 성격을 지닐 수밖에 없다. 이런 설정이 만들어낸 의인법에 따르면, 주인공 백구는 틴에이저 수준의 젊은 여성이고 해피는 가임기가 끝나가는 나이 많은 여성인 셈이다. 그런데 이 장면을 특이하다고 말하는 것은 어떤 까닭인가.

봄날이 와서 맑은 햇살에 꽃그늘이 진다. 바람이 불고 꽃잎이 흩날린다. 이제 막 발정기가 되어 몸이 근질거리는 '나'가 동네를 돌아다니다, 젖먹이 새끼들과 함께 있는 늙은 개 해피를 바라보고 있는 중이다. 해피는 '나'가 몸을 부벼대도 받아주었던 착한 개다. 그저 그뿐이다. 그런데 봄날의 햇살과 흩날리는 꽃잎과 귀여운 어린것들이 어우러지는 이 아름다운 장면에서 '나'는 왜 울음이 치미는

가. '나'의 슬픔은 대체 무엇 때문인가.

이 질문에 제대로 대답해보려 한다면 문장이 조금 바뀌어야 하겠다. 그 울음은 누구의 것이고, 어디에서 유래한 것일까. 질문을 이렇게 바꾸어보는 것은 당연하게도, 저 울음이 '나'의 것일 수 없다는 판단이 바탕에 있는 까닭이다. 그런 판단을 가능케 하는 것은 생동하는 삶의 에너지가 소설의 전면에 부각되어 있기 때문이다. 배경이 봄날이라는 것도 그러하고, 떠돌이 백구인 '나'의 삶이 이제 막 어른의 단계로 접어드는 때라는 것도 그러하다. 자기 주변을 맴도는 멋지고도 위협적인 붉은 털을 가진 수컷 개의 존재가 그 상징이고, 소설의 마지막은 둘이 교미를 하는 장면으로 맺어진다. 물론 주인의 손에 의해 목숨을 잃는 늙은 개 해피의 이야기와, 그리고 자기에게 먹거리와 잠자리를 베풀었던 선량한 인간 여성의 슬픈 이야기가 있지만, 이들은 어디까지나 '나'의 이야기의 배경일 뿐이다.

개장수들의 위협 속에서도 '나'는 활기 있게 살아 있고, 함께 사랑을 나눌 수 있는 멋진 수컷이 있다. 붉은 털을 가진 강한 수컷은 개백정들의 소굴에서 탈출해서 스스로 자유를 얻은 존재이기도 하다. 그런데 대체 해피와 그 새끼들을 보면서, 난데없이 치밀어 오르는 저 울음의 정체는 무엇인가.

그 울음을, 노년에 이른 작가의 것이라 해야 할까. 그것은 직감적이지만 너무나 단순한 말이겠다. 늙음이 젊음보다 죽음에 한발 더 가까워진 것임에 분명하지만, 『바가바드기타』(Bhagavad Gītā, 기원전 4~2세기경 쓰인 인도의 경전. '거룩한 노래'라는 뜻이다)의 한 구절처럼 "자기 둘레에서 모든 사람이 죽는 것을 보면서도, 한 사람도 제 죽을 것을 믿는 사람은 없다는 것"(함석헌 역주, 한길사, 1996, 61쪽)이 살아 있는 존재의 본성이다. 게다가 한밤의 도적처럼 찾아오는 죽음의 돌연한 속성은 나이와 무관한 것이기도 하다. 명백하게 '나'의 것은 아니고 그렇다고 별 근거도

없는데 함부로 작가 자신의 것이라 할 수도 없는,
아름다운 봄날의 풍경을 가르고 나타나는 저 울
음은 대체 누구의 것일까. 저 슬픔은 대체 어디에
서 유래한 것일까. 「보배」와 「나무 심는 날」을 그 뒤
에 나란히 놓는다면 대답을 찾아볼 수도 있지 않
을까.

3. 죽음의 그림자들

「보배」와 「나무 심는 날」에서 뚜렷한 것은 죽음의
그림자다. 일단은 두 소설의 공간적 배경 자체가
그러하다. 「보배」는 생의 마감을 준비하는 노인 요
양원이고, 「나무 심는 날」은 납골당이 있는 천주교
의 시설이다. 산 사람들에게 죽음은 매우 특별한
비상사태이며 어떻게 해도 낯선 것일 수밖에 없다.
그럼에도 이런 두 공간이라면 삶과 죽음의 경계가

매우 가까워져 있다고 해도 좋을 것이다.

「보배」는 하와이 농장에 이민 온 남성 노동자의 짝이 되어 미국 시민으로 한평생을 살아온 여성 박보배의 이야기다. 1913년 봄에 조선을 떠나, 사진으로 본 남편감을 찾아 호놀룰루에 왔는데 어느덧 나이 80이 되어 있다. 20년 전에 남편을 먼저 보내고 이제는 요양원에서 자기 차례를 기다리고 있는 중이다. 그런 시선으로 바라보면 삶은 어떤 모습일까. 일곱 자식 중 다섯 명을 건져 그들을 키우며 살아온 세월이다. 스스로 생의 마감을 준비하고 있는 사람에게라면 지나온 시간 전체가 한 뭉텅이 실타래로 보인다고 해도 그리 이상하지 않겠다. 기억이 흐려지고 뒤섞이고 희미해지는 것도 그럴 수 있겠다. 박보배 노인의 말처럼 "기억이 너무 많으면 영혼이 무거워서 저승 가는 일이 힘들어질 것"(58-59쪽)이기 때문이다. 그런데도 박보배는 앨범을 뒤적이며 지난 삶의 기억들을 저작하고 반추한다. 집안의 이야기를 소설로 쓰고자 하는 증손녀 때문이다. 무슨 이야기를 들려줄 수 있을까. 박보배가 회고하는 간결한 삶의 이력이 이 소설의 내용이다.

「나무 심는 날」도 이와 유사한 설정이다. 막내 삼촌의 이야기를 쓰고자 하는 소설가가 있다. '나'는 납골당이 있는 봉안성당을 작업실로 삼아 글을 쓴다. 막내 삼촌은 부모가 월남할 때 이북에 두고 온 동생이다. 그러니 '나'는 한 번도 그를 본 적이 없다. 그의 이야기는 오로지 어머니의 기억 속에 잠들어 있을 뿐인데, 어머니도 섬망 속을 헤매다 이미 세상을 떠났다. 그러니까 '나'에게 막내 삼촌이란 기억의 기억 속에, 즉 섬망 증세를 통해 표현된 어머니의 헝클어진 기억에 대한 '나'의 기억 속에 간신히 존재하는 인물인 셈이다. 이들의 이야기는 이렇게 단정하게 서술된다.

어머니의 섬망과 나의 가난하고 누추한 욕망이 뒤섞여 만들어내는 이야기 속에 한 아이가 있다. 그 아이는 어느 여름날 미루나무 높은 가지에서 떨어졌다. 그 아이는 자라 청년이 되어 전장에 나갔고 살아 돌아와 아편 중독자로 생을 마감했다. 그리고 한 여자가 있다. 그 여자의 기억의 방에는 머슴의 등에 업혀 개울을 건너며 맑은 물에 흘러가는 빛깔 고운 단풍잎들을 하염없이 바라보던 그리고 바람 부는 겨울밤, 담벽에 매달아놓은 시래기다발들이 저들끼리 몸 비비며 쓸리는 소리에 누가 부르나, 가만히 귀를 기울이던 작은 여자아이가 살고 있다. (131-132쪽)

그러니까 여기에서 '나'는, 어머니의 마지막을 지켰던 딸로서 어머니의 기억 속에서 막내 삼촌의 흔적을 찾아내고 있는 셈이다. 왜 하필 막내 삼촌에 대해 쓰고자 하는가. 이에 대해서는 묻지 않아도 좋을 것이다. 여기에서 막내 삼촌이란 죽음과 매우 가까이 있는 기억의 주인공으로서, 그저 의미 없는 맥거핀에 불과한 것이기 때문이다. 여기에서 중요한 것은 한 절실한 기억의 파편이 소멸을 거부한 채로 도드라져 있다는 사실 자체다.

그럼에도 이 소설의 중심 시선, 봉안성당이라는 죽음의 공간이 만들어낸 시선이 말하는 것은, 기억이 아니라 기억의 소멸이라고 해야 한다. 소멸 중인 기억이라고 하면 좀 더 정확하겠다. 할머니가 막내 삼촌을 부탁하며 어머니 손에 쥐어주었던 금비녀가 월남 자금으로 사라졌듯이, 사람도 기억도 때가 되면 인멸하여 형체 없이 사라질 것이다. 주인 없는 한 켤레의 신발이나 어머니가 남기고 간 구름 모자가 그런 상징들이다. 책 전체로 말하자면, 하와이에 시집 온 박보배가 유심하게 보았던, 십장생이 수놓인 남편의 비단 수저집 같은 것도 그런 시선이 포착해낸 대상이다. 죽음의 공간이 만들어낸 시선은 이제 막 세상을 떠나는 망자의 시선이기도 하다. 그 시선으로 보면 사람은 누구나 세상을 떠나고 있는 중이다. 누구나 소멸의 단계를 밟고 있는 중이다. 단지 그 사실을 감지하지 못하고 있을 뿐이다.

한 존재가 어느 날 문득 현실 속에서 사라지고 종당에는 그에 대한 기억도, 또한 그 기억에 대한 기억도 사라질 것이다. 그중에서도 조금 길게 남는 것이 있다면 글쓰기, 맥거핀에 대한 집중이 남긴 글쓰기의 흔적들일 뿐이겠다.

4. 슬픔의 수행자

이렇게 「보배」와 「나무 심는 날」을 읽고 난 다음이라면, 「봄날의 이야기」의 '나'에게 난데없이 복받쳐 왔던 울음의 정체에 좀 더 가까이 다가가볼 수 있겠다.

「나무 심는 날」의 '나'는 소설가이지만 또한 사람들의 글을 대신 써주는 대필가이자 윤문가이기도 했다. '나'는 다른 사람들의 삶을 듣고 기록하는 일의 고단함은, "온갖 역경과 불행과 인생에서 일어날 법한, 또한 도저히 일어날 법하지 않은 일들의 종합 세트장인 의뢰인들의 이야기를 들으면 놀람과 함께 때때로 삶이라는 것의 그 진부함과 상투성에 호되게 얻어맞는 기분도 들었다."(98쪽)라고 표현된다. 이런 생각 속에서라면, 삶이 힘든 것은 고통스럽기 때문이 아니라 그 고통의 진부함 때문이라고 말해도 될 것이다. 여기에서 개진되는, 불행 그 자체가 아니라 불행의 진부함에 대해 바라보는 시선이란, 삶의 외부자라야 지닐 수 있는 것이라 해야 할 것이다.

또한 「보배」의 주인공은 스스로 죽음을 준비하고 있는 사람이다. 그런 그에게 죽음은 그렇게 낯설지 않다. 그에게 죽음은 삶으로부터의 격절이라

기보다 삶의 연장에 가깝다. 죽음이 아직 임박하지 않은 탓이라 할 수도 있겠으나, 어쨌거나 「보배」의 '나'는 그렇게 느낀다. 오히려 낯선 것은 삶이다. 잠에서 깨어날 때가 특히 그러하다. 이런 경험은, "날 밝기 전 잠에서 깨어났다. 신새벽 눈을 뜰 때면 언제나 벽과 천장, 간소한 가구의 모서리가 희미하게 드러나기 시작하는 방 안의 정경은 물론 노인요양원의 한 방을 차지하고 누워 있는 나 자신조차도 낯설어지는 감정에 젖게 마련이다. 어린 시절 낮잠에서 깨어날 때 나를 휩싸던 서러움 비슷한 감정을 맛보는 것까지 여느 때와 똑같다. 잠은 얕고 꿈은 어지럽다."(53쪽)와 같은 대목에서 상징적으로 표현된다. 얕은 잠과 어지러운 꿈에서 현실로 들어갈 때 작동하는 것은 전형적인 죽음의 시선, 자기가 속한 세계를 낯선 것으로 감지하는 삶의 외부자의 시선이다.

이렇게 본다면, 여기에서 작동하는 죽음의 시선

이란 비유컨대 육체를 지닌 신의 시선과도 같은 것이라 하겠다. 신의 시선이니 사람의 일에서 한발 떨어져 있을 수밖에 없고, 그럼에도 몸을 가지고 있으니 고통과 기쁨의 감각을 지닐 수밖에 없다. 죽음의 시선은 사람들의 삶을 그 바깥에서 하나의 전체로 바라보면서도 그 안에 있는 사람들의 슬픔과 환희를 몸으로 느끼는 존재의 시선인 셈이다. 바로 그 시선이, 우리가 확인한 바에 따르면 오정희의 소설에 틈입해 있는 것인데, 한발 더 물러나서 보면, 오정희의 세계는 바로 그 죽음의 시선으로 가득 차 있다고 말하게 될 것이다. 한 사람의 운명을 바라보는 것도, 근친들의 죽음을 담담히 바라보고 있는 것도 바로 그 죽음의 시선이라고.

그렇다면 어떨까. 봄날의 꽃바람 속에서 느끼는 젊은 백구의 돌연한 슬픔의 주인 역시 바로 그 시선이라 해야 하지 않을까. 삶에서 죽음으로 또는 죽음에서 삶으로 이행하는, 혹은 두 경계 사이에

있는 시선, 삶으로부터의 이탈자가 멀어져가는 삶
을 바라보며 느끼는 슬픔이라 해야 하지 않을까.
그러니까 그것은 삶이 죽음을 바라보는 슬픔이 아
니라, 거꾸로 죽음이 삶을 바라보며 느끼는 슬픔이
라 해야 한다. 그 시선으로 보면 사람들의 삶이라
는 것은, 도처에 허방과 함정과 지뢰밭이 도사리고
있는 푸른 초원을 생각 없이 뛰노는 들짐승의 모습
과도 같은 것이 된다.

그럼에도 꽃잎 흩날리는 봄날은 그것 그대로 아
름다울 수밖에 없다. 몸을 가진 존재라면 탄식이
나오지 않을 수 없겠다. 아름다운 봄날이 이렇게
아름다워도 되는 것이냐. 봄볕에 나부끼는 꽃잎이
어떻게 이다지도 아름다울 수 있는 것이냐.

삶을 거두기 위해 다가오는, 아무런 느낌 없이
그저 자기 일을 해야 마땅한 죽음이, 잠시 봄바람
에 넋이 빠져 사춘기가 된 스피노자의 신이, 어린
암컷 백구의 몸을 빌려 느끼는 짧고 강한 슬픔이

그 한복판에 있다. 봄이 되니 죽음이 삶을 슬퍼하고 있는 중인 것이다. 슬픔의 수행자는 산 사람이 아니라 죽은 존재의 시선인 것이다. 그런 모습이 담긴 이야기들이라니, 한 원로 작가가 펼쳐낸 진경이 아닐 수 없다.

오정희 소설

봄날의 이야기

2025년 5월 16일 1판 1쇄 펴냄

지은이   오정희
펴낸이   김경섭
펴낸곳   도서출판 삼인
전화   (02) 322-1845
팩스   (02) 322-1846
이메일   saminbooks@naver.com
등록   1996년 9월 16일 제25100-2012-000045호
주소   (03716) 서울시 서대문구 성산로 312 북산빌딩 1층

편집   이양훈
디자인   정연규
제작   수이북스

ISBN 978-89-6436-281-5 03810